Kop of Stert

Rhona Kotze

Malherbe Uitgewers Publikasie

Outeur: Rhona Kotze
Voorbladontwerp: Ria Richards

Geset in Franklin Gothic 12pt

ISBN 978-1-7764623-5-3
Eerste Uitgawe 2024

Hoofstuk

1

Die eentonigheid van die wiele se gesing op die teerpad bring 'n onrustige lomerigheid in die egpaar se gedagtegang. Ure op die pad agter die stuur laat die bejaarde man met sy een hand die styfheid agter sy nek vryf. Dan voel hy hoe die vrou langs hom eers liggies sy vingers terugsit op die stuur en dan self verder sy nekspiere saggies maar ferm masseer.

'n Glimlag speel om sy mondhoeke en hy kyk vlugtig maar baie teer na die vrou langs hom. Hyself is 'n groot man en sy hare al heeltemal grys. Die ook ouerige vrou langs hom se hare wys ook al streep-streep dat sy in ouderdom by hom pas.

Wanneer sy grysgroen oë met die baie goue spikkels in sekondes later die van hare ontmoet, glimlag haar koningbloues terug en sy knipoog vir hom. Weereens soos soveel menige kere tevore dink hy aan hoe hy seker die gelukkigste mens op aarde is. Sonder dat hy haar hoef te vra weet hy dat sy ook daaraan dink.

Nog altyd was dit so van die begin af en hulle gedagtes is in een moment dieselfde. Flitse wat die liefde tussen hulle verstewig ...

Hulle is sielsgenote deur die jare en daagliks sê hulle vir mekaar hoe lief hulle mekaar het. Elke dag word die liefde net meer en meer intens. Albei

Hoe vinnig het hulle mekaar nie liefgekry destyds nie. Albei platgeslaan deur die lewe. Afvlerkvoëltjies. Beide geskei. Hulle albei se tweede huwelik. Kinders groot en uit die huis.

Destyds onthou hy hoe platgeslaan hy was. Daar was amper niks oor nie ook nie van hom nie. Sy selfbeeld het 'n amper vir altyd knou gehad. Met 'n besigheid wat gevou het en 'n vrou wat hom gelos het vir 'n ander man het hy nooit gedink dat geluk weer op sy pad sou kom nie.

En toe ontmoet hy haar.

Haar eie pad was met klippe besaai. Ook sy het uit 'n huwelik gekom waar sy elke dag moes buig voor 'n dominerende en narsistiese man.

Altwee van hulle was soekend. Soekend na geluk wat dalk nog oor was om saam te kon vind.

Hy moes weer gaan werk en was gelukkig om werk te kry deur eiendomme te verkoop. Dit was egter so uit lyn met dit wat hy regtig wou doen. Hy wou uitsaai soos destyds by die SAUK maar die poste was te min en hy al te oud.

Sy het skoolgehou en saam het hulle beplan om 'n plekkie te koop by die Weskus wanneer hulle aftree. Eers het hulle na hulle troue elke jaar hier kom vakansie hou. Dan het hulle lang ente gaan stap langs die eindelose strande.

Hy het haar geleer van die Weskus en sy het nes hy dit innig liefgekry. Oorspronklik het hy van hierdie wêreld gekom. Eindelik was die wagtyd vir aftree verby en kon hulle trek Weskus toe.

'n Sug ontsnap sy keel, maar dis 'n blywordende sug wanneer hy ook dink aan God se genade en hoe hy ook deur sy kosbare vrou se getuienis die Here leer ken het.

Sy het vroegoggend haar dag begin deur 'n stukkie te lees en dan vir hulle te bid. Dit het hy glad nie geken nie. Hy het sonder dat sy weet haar lewe met die Here saam dopgehou en daar het 'n honger by hom vlamgevat.

Hy wou meer weet van die God van die vrou wat hy liefgekry het. Dieselfde God het hy nie geken nie en dat dit die honger is wat in sy wese geroep het, het hy toe nie geweet nie. Ure het hulle gesit en praat en hy het geluister hoe hierdie God van haar vir haar soms op onmoontlike maniere gehelp het. Hoe Hy haar beskerm het, maar ook hoe Hy haar vergewe het. Die foute wat sy nie kon verhelp het nie, maar ook die wat sy kon.

Een gedagte het ontstaan: Dalk, net dalk sal haar God hom kan vergewe. Die Here het vir hom trane gegee en aan die begin het dit kort-kort gevloei.

Hy onthou nog hoe dit gevoel het of dit diep binne van agter sy hart uitkom. Dit was 'n uitborrel van jare se pyn.

Sy ma dood toe hy maar ses was en sy pa wat aanmekaar gedrink het.

Hy was eers koshuis toe en Vrydagmiddae wanneer sy pa hom moes kom haal het hy soms nie opgedaag nie. Hy onthou nog die ure daar voor die koshuis onder die boom met sy tassie. Klaar gepak, reg vir die naweek op die plaas. Die plaas wat hulle ook later sou verloor.

Die koshuisvader het 'n hond gehad en die het dan by hom gesit. Eers sou hy 'n stok gooi vir die hond om te gaan haal en oor en oor sou die Labrador dit vir hom bring. Dromer was sy naam, en hoe later die middag, hoe minder was hy lus om te speel.

Paniek het by hom ontstaan, wat as sy pa weer nie kom nie? Die son het begin sak en sy hart het vinniger begin klop. Hy gaan nie meer kom nie. Hy drink by die kroeg.

Die koshuisvader sou dan uitkom en stadig na hom toe stap. Die blaartjie wat hy tussen sy vingers heen en weer gerol het, sou hy opfrommel en langs Dromer laat val, wat intussen met sy kop op sy pote sugtend aan die slaap geraak het.

Meneer Jerry, of Jerry Kerrie soos die kinders hom genoem het, was oorgewig met hare wat glad maar olierig teruggekam is. Hy was nooit simpatiek gewees nie en het die leuse van die koshuispersoneel tot op die been uitgevoer.

Moenie betrokke raak en goed doen aan 'n koshuiskind nie, doen net reg aan hom.

Tog het hy hom Boeta genoem, wat 'n effense sagtheid aan die mislukte middag gegee het. "Kom

4

Boeta, kom eet iets, ek dink nie jou pa gaan meer kom nie."

Sonder 'n woord sou hy omdraai en dan het hy sy tassie opgetel en mnr Jerry ou Kerrie gevolg. In die eetsaal het 'n bord melkkos vir hom gewag. Dit was wat die koshuisvader se vrou vir hom gemaak het.

Sy het dit voor hom gesit en dan eenkant by die voorste tafel gaan sit en haar breiwerk uitgehaal.

Hy het die lepel opgetel en wanneer hy dit opgeskep het moes hy dit eers bietjie koud blaas, want dit was baie warm. Al was hy honger het die melkkos dik geword in sy keel en hy moes nie net hard sluk om die kos af te kry nie, maar ook sy trane.

Hy moet nou net nie aan die grens raak nie, het hy gedink, en asof die tannie sy gedagtes kon lees het sy opgekyk en effe vir hom geglimlag.

"Smaak dit lekker?" sou sy vra.

Wanneer hy net geknik het omdat sy stem dik van die huil was, sou sy byvoeg dalk as 'n troos, hy weet nie. "Ek het vir jou ekstra kaneel en suiker bygevoeg, seun. Jy moenie vir die ander sê nie, hoor."

So asof hy met die ander sou praat oor sy alleenwees naweek in die koshuis.

As hy klaar geëet het, het die tannie sy bord kom kry en hy het gedink dat sy en haar man perfek bymekaar pas. Altwee dra bril, hy is net nog meer oorgewig as sy. Sy het 'n bruin skirt met 'n beige top aangehad waarvan die knopies tot bo by haar nek vasgeknoop was. Sykouse met ook bruin skoene wat gelyk het of dit te klein was. Dit was skoene met 'n

5

bandjie oor die brug van die voet en hy kon sien dat haar voete baie geswel was. Twee hobbeltjies wat gelyk het soos bolvetkoekies het teen die bandjies gedruk.

"Gaan stort solank en klim in die bed, dan kom loer ek nou-nou in.

Dit was stil in die koshuis, en terwyl hy met die blinkgepoleerde gang afstap, het die leë opgemaakte beddens vir hom geloer. Op elke bed kon hy die seun sien wat daarop slaap en hy het hulle almal in daardie oomblikke gehaat. Almal was weg huis toe, na ouers toe, hulle is gehaal. Hulle ouers was nugter en het hulle kom haal.

Hy het in die bed geklim. Daar was sewe ander beddens in die kamer en hy kon nog die stink walms van vuil kouse ruik. Al was dit somer het hy yskoud gekry.

Die tannie het ingekom en hy kon sy oë nie glo nie. Dromer het haar die kamer in gevolg.

"Hy kan vanaand by jou slaap" het sy gesê. "En môre kan julle lekker buite op die rugbyveld gaan speel."

Daardie aand het hy gedroom van sy ma wat vir hom 'n bakkie melkkos bring. "Jy moet lekker eet, Boeta, ek het vir jou ekstra suiker en kaneel bygegooi."

Toe hy vroeg wakkerword en die leë beddens vir hom lag, het hy gewonder of sy hom ook Boeta genoem het voor sy dood is. Hy hoop so, want hy het van die naam Boeta gehou.

Godsgeluk was daar 'n veel ouer sussie. Sy was in haar finale jaar by die onderwyskollege. Hy het nie geweet van die belofte wat sy sussie op sy ma se sterfbed gemaak het dat sy na hom sou kyk nadat sy haar studies voltooi het nie. Sy het getrou, maar haar man het op die myne gebly en hy moes saam met hulle gaan. Hy moes sy geliefde Kaap groet en begin skoolgaan tussen die mynhope.

Alhoewel sy suster baie lief vir hom was, het sy mettertyd haar eie gesin gehad. Hy wat steeds by hulle gebly het, was versorg, maar het alleen soos 'n aanhangsel gevoel. Hy was die een wat na die babas help kyk het, of winkel toe moes loop vir brood en melk.

Hy was nie ongelukkig nie maar ook nie gelukkig nie. Hy was net elke dag gewees.

Hy kan nog goed onthou hoe die kinders hom gespot het omdat hy gebry het. "Hey Capie, praat 'n bietjie met ons dat ons kan hoor hoe brrryy jy." het hy dikwels op die speelgrond en op die stoepe gehoor.

Daar was 'n ander seun ook wat hulle heeltyd geboelie het.

Sy naam was Petrus. Petrus het ballet en dan het die seuns hom vroegoggend op die rugbyveld sy skoene laat uittrek. Hy het altyd 'n kortbroek gedra met lang grys kouse.

Sommige dae was die ryp wit op die gras.

"Kom Petrus, trek op daai kouse en dans op jou tone," sou die bevel van die hoofboelie wees. Dan dans arme ou Petrus.

Op 'n dag toe hulle almal op die rugbyveld was, het hulle hom weer gevra om te bry. Dit was sy oorlede ma se verjaardag en hy was gatvol.

"Ek sal nie," het hy geantwoord.

Die hoofboelie het tartent nadergekom. Met sy gesig hier vlak voor hom het hy gesnou: "Jy sal nie wat nie?"

Iets van al die tyd se opgehoopte kwaad en hartseer het losgebreek en hy het die boelie in sy gesig geslaan. Daar was baie bloed en sy suster is skool toe laat kom.

"Asseblief,. my broer, moenie moeilikheid maak nie, Pa is siek en dinge is reeds moeilik genoeg."

Twee weke daarna is sy pa ook dood.

"Ons is nou weeskinders," het sy sussie gesê terwyl sy hom styf vasgehou het.

Hy was nie hartseer oor sy pa nie, want in al die tyd het hy net eenkeer daar gaan kuier. Sy pa het vir hom 'n langbroek en 'n hemp gekoop voordat hy terug is.

"Jy is nou groot," het hy gesê.

Toe hy weer terug is met die trein, het hy nooit weer gebry nie.

Die weermag het gevolg en daarna het hy by die SAUK gaan werk en uitgesaai op die destydse Springbok-radio.

Getroud en geskei en weer getroud en weer geskei.

En toe ontmoet hy haar. Sy was anders. Hy het pas by die agentskap begin werk en sy was ook pas geskei.

Die eerste aand wat hy vir haar gaan kuier het was hy bang, en sy ook. Bang vir nog 'n fout en nog 'n vernietigende seerkry. Hy het haar alles vertel en niks uitgelaat nie en sy op haar beurt ook.

Hulle is vinnig getroud, maar dit was die beste dag in sy lewe. Die groot ouderdomsverskil het hulle nooit gepla nie.

Een van die wonderlikste oomblikke was toe hulle vir sy suster gaan kuier het. Hulle was almal in die sitkamer toe sy sus kamer toe loop om iets te gaan haal. "Iets wat jy dalk al vergeet het!" het sy van die kamer geroep.

Sy het dit in sy hand gesit. Die goue ring met sy voorletters op het hy destyds vir haar gegee om te hou toe hy army toe is. Vir as ek in 'n groen sakkie terugkom, onthou hy nog sy skertspraatjies.

Skertspraatjies, maar hy was so bang. Hoe bang was hulle nie almal nie? Kinders wat moes gaan leer om 'n geweer rond te swaai en dood te maak.

Hy onthou nog hy het dit by 'n juwelier in Johannesburg gekoop naby die SAUK. Nog met sy eerste salaris. Saam het hulle dit uitgewerk – sy was maar drie jaar oud toe hy dit gekoop het.

Toe hy terug was van die army het hy vergeet van die ring.

Maar daardie dag het hy dit aan haar vinger gesteek en dit het perfek gepas.

"Jy moes my getag het." het sy laggend gesê. En die ring nooit weer afgehaal nie. Haar kosbaarste besitting sê sy altyd.

Gelukkige jare het gevolg.

Die Here het gewerk en geroep en dit was 'n dag vol blou lug toe hy dit vir haar gesê het. Sy het reeds geweet en hulle het saam gehuil oor die grootsheid van die oomblik.

Hy is geroep om vir die Here te gaan werk. Daagliks raak die grootsheid daarvan groter, maar ook die uitdagings daarmee saam.

Tog as hy terugkyk weet hy, en ook sy, sou hulle dit alles weer presies net so doen.

Hoofstuk

2

Die lang man met die pikswart hare buite die Engen Garage langs die pad, neem 'n slukkie van die koue energiekoeldrank wat hy nou-net gekoop het. Hy frommel die stukkie papier waarin die pastei toegedraai was op tot 'n harde klein bolletjie en skiet dit in die drom wat half eenkant staan.

'n Aantreklike man, lank met 'n goeie liggaamsbou. Bruingebrand van die werk in die son. Tog is daar fyn plooitjies langs sy oë en twee diep kepe loop van die kant van sy mond tot amper aan die einde van sy ken. Sy blousel-blou oë trek op skrefies, want die son is skerp.

Dis 'n warm dag en sy pikswart hare is nog nat waar hy sommer sy kop half onder die kraan gehou het by die wasbakkie in die garage se badkamer. Hy moes, want hy weet nie hoe lank hy nou weer in die pad gaan staan nie.

Die reuk van petrol hang swaar in die lug en hy klem sy lippe stywer opmekaar.

Waar is die tye toe hy 'n splinternuwe kar oorlopens toe volgemaak het by 'n garage en sy petrolkaart outomaties deur die kaartmasjien laat gly het? Een van die splinternuwes, want hy het 'n paar nuwe karre gehad.

Effense sooibrand stu in sy bors op tot by sy keel en hy weet kwaad dit is die pastei se skuld. Hy het eenvoudig nie die geld om by een van die restaurante te gaan sit en 'n ordentlike maaltyd te eet nie. Pasteie en slaptjips sal die ding moet doen.

Daar behoort darem genoeg geld te wees vir goedkoop verblyf wanneer hy by die Kaap aankom. Ten minste vir 'n maand as hy net eenkeer 'n dag eet. Iewers sal hy werk kry, dink hy met 'n bietjie hoop wat oorgebly het.

In die tronk het hy dag en nag gestudeer en sy LL.B.-graad met lof geslaag. Dis net met hierdie klad teen sy naam ... sal daar iemand wees wat hom genoeg vertrou om hom 'n kans te gee?

Die haastigheid in hom laat hom egter die band om sy skouersak net stywer klem en vinniger na die pad toe loop. Hy het groot hande en dit kan bruikbaar wees vir sy taak wanneer hy in die Kaap aankom. Wanneer hy dit om die bliksem se keel sit en die lewe uit hom uit wurg.

Vroegoggend was hy gelukkig en het maklik 'n lift gekry. Net tot by Kimberley het die bestuurder gesê, maar hy was dankbaar. Daar is 'n gejaagdheid in hom om by sy eindbestemming te kom.

Jare het hy gewag vir hierdie dag. 'n Dag waarop hy geregtigheid kan eis van die lewe wat hom vir jare en jare gekul het.

Hy kan voel hoe die spanning in hom opbou.

Die wete dat hy nou sal moet kalm bly en nie oorhaastig besluite moet neem nie, vat pos in sy denke. Hy mag en kan nie nou 'n fout maak nie.

Die brandpyn op sy maag word feller en laat hom onthou om kalm te bly. Geoefen begin hy stadiger en dieper in en uit asemhaal.

Sonder dat hy dit kan keer gaan sy gedagtes terug na die tronk toe. Daar het hy bereik wat hy wou.

Vandag is hy 'n afgestudeerde prokureur. Met 'n verwysingsbrief in sy sak behoort hy iewers reg te kom. Sy graad veilig in 'n omslag.

Twee dae voor sy vrylating het kaptein Grobler hom laat kom na sy kantoor toe. Hy herroep weer die gesprek in sy gedagtes.

"Johan, jy is nog jonk en kan 'n groot sukses van jou lewe maak." Die kaptein het agter sy lessenaar gesit. Sy hare was grys by die slape en hy het nooit sy bril heeltemal afgehaal nie. Net op sy neus gesit en daaroor gekyk. Sy kyk was reguit soos altyd en sy bruin oë kon tot in jou siel in priem. "Jy was 'n modelgevangene."

Die kaptein, en so die res van die mense in die tronk, het nooit geweet wat in sy binneste aangaan nie. Hy was stil en het nooit met iemand gepraat oor wat met hom gebeur het nie.

Dit was egter die laaste woorde wat hom vir ewig sal bybly. "Johan, dis mense soos jy wat nooit in hierdie plek moes gewees het nie. Jy kan steeds 'n sukses maak van jou lewe en jy moet my laat weet."

Hy het 'n bietjie kontant in 'n rekening gehad en die kaptein het self die kaart vir hom gegee.

"Ek het nog so 'n ietsie daarin betaal. Gebruik dit tot jy weer op jou voete is."

Toe hy beswaar wou maak het die kaptein net met 'n handbeweging gesê: "Betaal my terug wanneer jy reg is. Ek ken mense, Johan, en ek het al baie gesien. Baie is al terug nog voor hulle hier uit is. Jy is anders, dis hoekom ek vir jou vandag met alle eerlikheid kan sê dat jy eintlik nooit hier moes gewees het nie."

Die kaptein het saam met hom geloop tot by die groot hekke. Daar het 'n uber vir hom gewag.

"Ek kan jou eintlik net tot by die eerste dorp neem, maar dan weet ek jy sal ok wees."

Hy het dankie geprewel en toe hy sy hand uitsteek om die kaptein te groet, het die hom nader getrek en 'n druk gegee.

"Mooi loop, Boeta, en gaan wys vir die wêreld jy is anders en gaan maak 'n verskil."

"Boeta," het hy agter in die kar geprewel. Hy hou daarvan wanneer iemand hom Boeta noem.

Dit was ook die kaptein se woorde wat hom energie gee en vorentoe laat loop. Dis dit wat hom sy duim laat lig toe hy 'n voertuig hoor aankom.

Die son verblind hom effe en maak die aankomende motor effe blink asof dit deur water ry. "Laat hulle tog net stop," praat hy hardop al glo hy nie aan hulp vra vir God nie.

Hoofstuk

3

Sy moes ingesluimer het, want haar oë gaan skielik oop toe haar man stadiger ry. Die persoon in die pad loop nog meer weg van die kant af.

"Hoekom ry jy stadiger, my liefling, jy gaan tog nie stop nie?" vra sy onseker.

"Ek gaan die man oplaai, Skatjie."

Wanneer hy die twyfel in haar oë sien antwoord hy met 'n glimlag: "Die Here het gesê ek kan maar."

Sy sug tevrede, sonder twyfel. Wanneer haar man met die Here gepraat het, weet sy dat hy het. Hoeveel keer tevore het sy nie al ervaar dat hy niks doen sommer om Hom wat hulle alles is, te raadpleeg nie.

Die son brand genadeloos en fel op sy kop. Sy hare is lankal reeds droog en hy is spyt dat hy nie iewers 'n hoed gekry het nie. Aan die anderkant sou dit dalk nie so 'n goeie idee gewees het nie. Mense laai nie meer rylopers op met al die geweld in die land nie. Hulle hou verby, want hulle is te bang.

Hy kan voel hoe sy skoon hemp reeds aan sy vel begin kleef. 'n Wrang gevul met bitter trek verskyn op sy gesig en om sy mondhoeke wanneer hy dink

15

hoe hy eens op 'n tyd 'n ryk man was met die nuutste en mooiste voertuie en nou moet staan en bedel vir 'n geleentheid. Daar was niemand wat hom ontvang het toe hy by die tronkdeure uitgestap het nie. Nie dat hy iemand daar wou gehad het nie. Diegene wat hy dalk daar sou wou gehad het, wil niks meer met hom te doen hê nie.

Desperaat gaan staan hy half in die pad.

Die voertuig wat aankom ry stadiger en trek af. 'n Gryskopman draai die venster af en kyk vraend na hom. Die vrou wat oorleun en verby haar man kyk glimlag vir hom.

Sy is seker ook al 'n ouma van 'n paar kleinkinders, dink hy vlugtig. Hoekom dink hy nou aan kinders, wonder hy geïrriteerd. Hy moenie sag raak nie. Hy moet onthou waarheen hy op pad is en wat sy doel is.

"Boeta, nou waarheen is jy op pad in hierdie bloedige son?"

Wanneer het iemand hom al ooit so genoem, wonder hy skielik.

Hy vryf met die agterkant van sy hand oor sy voorkop en voel die nattigheid van die sweet. Onbewustelik ruk hy weg. Hy het nog altyd 'n ding met higiëne gehad.

In die tronk was dit wat hom aan die begin die meeste tot raserny gedryf het. Aan die begin kon hy net was in sy kamer, maar later was stortgeriewe tot eenkeer 'n dag beperk. Alles moes vinnig geskied en hy het die heeltyd gevoel of hy net halfpad gewas het.

Baie later, toe hy na 'n model C gevangene oorgegaan het, kon hy beter voordele hê.

"Ek is op pad Kaap toe, " antwoord hy hard en duidelik toe hy besef dat die man vir 'n antwoord wag.

Die ouerige man se frons verdwyn net so skielik soos dit ontstaan het. Vir 'n oomblik sien hy twyfel wanneer hy na sy vrou draai.

Wanneer hy met haar praat is dit met die grootste respek en liefde in sy stem: "Sal dit reg wees as ons hom oplaai en dalk neem tot by die Weskus?"

Die klein petite vroutjie draai na haar man en antwoord sag en liefdevol. "Natuurlik sal dit reg wees."

"Kom, klim in my kind, ons bediening is daar aan die Weskus en jy is meer as welkom om saam te ry tot by die afdraai Kaapstad toe."

Haar woorde, "ons bediening is daar" rus op sy oor en hy wonder wat sy daarmee bedoel, maar hy stel nie genoeg belang om te vra nie.

Binne in die motor is dit koel en hy gaan sit terug op die oop agtersitplek.

'n Koelsak is op die sitplek langs hom en wanneer die man wegtrek, draai die vroutjie skuins agtertoe na hom. Haar sagte donker hare wat plek-plek grys strepies in het is laag in haar nek vasgemaak. Sy het 'n ligpienk langbroek en 'n bloes aan wat afgerond is met 'n wit somserp om haar nek met blommetjies, dieselfde kleur as haar broek en bloes.

Hy sien vlugtig haar een hand wat op haar man se been rus met mooi goedversorgde naels met 'n nog ligter pienk geverf. Hande van 'n vrou het hom nog altyd geamuseer. Dis asof hy 'n vrou se karakter kan lees deur na hulle hande te kyk. Hierdie mooi en sagte vrou het mooi hande. Haar hele lyf en stemtoon straal gasvryheid uit.

"My kind, jy is seker dood van die dors. Kry vir jou 'n koeldrankie daar in die sak, dit is lekker koud. My man is Ben en ek is Alta."

Dit klink of sy 'n vrolikheid en 'n trots aan die koppeling van hulle name wil adverteer. Hy is nie lus om te reageer op haar uitnodiging nie en verkies om liewers net te sit, maar hy maak dit tog oop en haal 'n yskoue sappie uit.

Sy stem is hees, maar hy antwoord tog baie duidelik. "Dankie, Mevrou, ek waardeer."

"Sommer tannie Alta my kind, en onthou terwyl jy saam met ons ry is jy ons gas."

Daar is 'n branderigheid in sy oë en hy maak dit af as te veel son. Deksels, hy voel soos 'n bedelaar wat aalmoese langs die pad kry. Wat sal hulle maak as hulle weet dat hy destyds twee supermarkte ook besit het en dit net vir tydverdryf was, en nie eens noemenswaardig van al sy ander bates nie.

Die vrou praat weer: "Skuus my kind. Wat is jou naam?"

Sy draai reg in haar sitplek en vra hom nie verder uit nadat hy sy naam genoem het nie.

Johan Els ... waar het sy die naam gehoor? wonder sy by haarself. Jare se wysheid en op die pad wees het haar egter geleer wanneer om te swyg en

18

nie uit te vra nie. Hierdie enetjie het seergekry, dié weet sy en haar man reeds.

Dit word beaam toe hy haar hand wat op sy been rus liggies druk. Nou net liefde gee en dan sal die Here self die werk doen op sy tyd.

Hoeveel keer het hulle dit nie al gesien dat die Here self met die mense deel wat op hulle pad gestuur word nie? Hulle pad, soos sy dit noem, was nie aldag maklik nie en hulle moes 'n groot besluit neem destyds om Weskus toe te verhuis.

Die uitsluitlike doel; om vir die Here te kom werk.

Sy onthou nog die dag toe haar man vir haar gesê het dat wanneer hy afgetree het, hy hier aan die Weskus 'n bediening wil begin. Sy, wat toe alreeds die Weskus en sy mense leer ken het deurdat hulle elke jaar hier kom vakansie hou het, was bly en het saam met hom uitgesien.

Eers het sy skoolgehou, maar net totdat hulle die gebedshuis oopgemaak het. Later het sy opgehou skool gee en die is nou net beperk tot die ekstra Wetenskapklasse wat sy gee. Sy is vol geboek en hulle lewe en naweke is vol.

Gelukkig is Rosa daar wat haar baie help met die gebedshuis en die afsprake vir beradingsessies. Rosa, vir wie die Here haar lag en moed om te lewe teruggegee het op 'n unieke en uitsonderlike manier.

Dit was een van die wonderwerke wat sommer naby haar hart sit.

Sy draai die musiek harder en voel opgeruimd. Haar hand hou die ritme van die lied op haar man se been. Mooi geestelike musiek waarna hulle so graag luister wanneer hulle lang afstande moet ry.

Die vrou op die CD sing van God se liefde.

Die man op die agterste sitplek geniet dit nie saam met hulle nie. Inteendeel, hy het 'n weersin daarin.

God se liefde ... God se liefde. Wat 'n klomp snert. Reeds in die tronk het hy dit vir homself uitgeklaar. Vir hom bestaan daar nie 'n God nie. Al sou God ook bestaan, was Hy nie daar vir hom nie.

Wanneer hy sy oë vir 'n oomblik toemaak laat hy sy gedagtes gaan. Sy gedagtes gaan maar altyd weer terug na sy kindertyd. Daar waar die wil om geld te maak en die meeste te besit reeds begin het.

Hy ruik weer die rooi stoep. Cobra-politer wat in sy neusgate opstu en die blinkrooi glans daarvan verskyn voor sy gedagte-oë. Voordag reeds was die vloer blinkgevryf.

Sy oupa en die se tweede vrou het langs hulle gebly. Hulle het haar geken as ouma Bellie. Ou Bellie soos hy die grootmense hoor praat het. Hy het haar nooit aangespreek nie, so hy kan nie onthou dat hy haar ooit ouma genoem het nie. Hy onthou haar egter dikwels op haar knieë besig om die vloer blink te vryf.

In daardie tyd het vroue nie gewerk nie en het hulle die huiswerk self gedoen. Vroue was gewillig en gedienstig in slawerny. Hulle mans se heiligdom. Vroue word gesien maar nie gehoor nie, was 'n gedagte en 'n gesegde wat later vir die kinders gegeld het.

Op die stoep al kruipend met 'n bondel lap wat hy dink een van sy oupa se ou frokkies was. Sy sou die lap in die blikkie druk en aansmeer. Dan sou sy met harde hale heen en weer vryf.

Terwyl sy besig was om die vloer blinker en blinker te kry, het sy oupa ook op die stoep gesit en koerant lees. Langs hom was 'n tafeltjie met 'n koperasbak en sy pyp en tabak was binne in. 'n Boksie vuurhoutjies het langs die asbak gelê. Sy oupa sou sy koerant sommer langs hom op die vloer neersit en dan tydsaam en geduldig sy pyp begin stop.

Sy was altyd vriendelik met hom alhoewel sy maar min gepraat het en meestal maar gereageer het op sy oupa se bevele. Dit het bestaan wanneer hy daar gekuier het, meestal uit bevele ook rakende hom.

Oupa sou iets sê soos: "Gee vir die kind van daardie lekkergoed in my kas." Later sou hy die woorde herroep en eintlik besef het dat dit maar net bevele was.

Sý lekkergoed. Sý kas en sý kleinseun wie sy naam dra.

Daardie tyd al het hy homself belowe dat hy eendag baie geld gaan hê en 'n groot kas met lekkers, en nie net die tweetjies wat ou Bellie vir hom uitgehou het, hoef te eet nie.

Hy was die naamgenoot met 'n allemintige naam. Christoffel Johannes.

Blykbaar het hy altyd soontoe weggeloop, of so het sy ma vertel. Nooit sou hy egter weet of sy hom dalk gestuur het en of hy aspris die tuinhekkie se hakkie laat glip en oopgelos het nie.

Nietemin, sy kon daagliks seker bietjie rus.

In sy kinderbrein het hy toe reeds besef die orde in die twee huise was nie reg nie. Sy oupa en sy pa was mense vir wie hy bang was. Doodbang vir sy pa.

Sy ma was ook 'n knieë-vrou, en die heiligdom van hulle huis het ook net aan sy pa behoort.

Op 'n anderdag het hulle dorp toe gegaan. Sy ma en hy saam met sy oupa se vrou. Hulle het in die hoofstraat geparkeer en hy onthou hoe hy toegelaat was om die kleingeld in die parkeermeter te gooi. Op vierjarige ouderdom het kleingeld al vir hom 'n bekoring ingehou. Ou Bellie het 'n geldjie in sy handjie gedruk en sy armpie stewig gevat in haar mollige hand om te strek tot by die meter se gleufgaatjie. Die knoppie aan die kant het sy self gedraai al sou hy graag eerder wou.

Dit het toe saggies begin reën die dag en sy ma het van iewers 'n sambreel oopgevou en oor hulle koppe gehou. Hy moes tussen hulle loop.

Dit het begin sous, en toe hulle vinnig by 'n winkel in wou loop het Bellie se voet effe voor hom gedruk en sy hand het uit die van sy ma geglip. Hy het in 'n plas water geval.

Hoe sy ma ook al geprotesteer het kon sy ou Bellie nie keer nie en moes hy menigmaal agterna daarna geluister het. Sy sou dan met smaak aan almal vertel dat sy vir hom daardie dag van kop tot tone nuwe klere gekoop het en net daar in die winkel laat aantrek het. Dit het sy vir die tannies vertel wanneer sy oupa nie by was nie.

Hy sou eenkant op die mat sit en met sy karretjies speel. Vir ure kon hy haar dophou, want wanneer sy die laaste sluk van haar tee geneem het sou sy haar hand hier voor by haar boesem indruk. Daar het sy 'n blikkie Singleton snuif uitgehaal en 'n sakdoek met bruin vlekke van al die snuif afvee.

Tydsaam sou sy haar een hand 'n vuis maak en 'n hopie snuif op haar hand uitdop. Die sou sy met eenslag opsnuif in die een neusgat terwyl sy die volgende hopie gereed kry. Weer opsnuif en dan die bruin van die snuif tydsaam opvee.

Daarna het sy weer die klein plat blikkie en die vuilbruin sakdoek voor by haar bra ingedruk. 'n Behaaglike sug het van diep binne ontsnap deur haar mond en sy het met haar klein bruin ogies vir hom gekyk.

"Ja, jou klein aapstert, ek wonder wat sou daardie dag gebeur het as ek nie kopgehou het nie."

Agterna het hy gewonder of daardie dag vir haar 'n soort behae geskep het.

Komplimente het sy seker nooit by sy oupa gekry nie.
Net die eis na haar vroulike pligte. 'n Vrou was niks, so het sy pa en oupa geglo. Niks!

Eers wanneer hy die man sy naam hoor sê, besef Johan dat hulle by 'n Ultra City stilgehou het.

"Gaan ons 'n bietjie bene rek?" vra die oom geduldig.

Nadat hulle badkamer toe was, sê die oom dat hulle dalk sommer middagete moet eet, want dit is nog 'n stywe entjie. Binne die restaurant vertel die oom en tannie om die beurt wat hulle eintlik doen.

Hy is voltyds in die bediening waar hy ook opleiding aan Bybelkollege-studente gee. Die tannie het eers skoolgehou, maar gee nou net ekstra Wetenskapklasse.

"Ons probeer ons bes om na die beste van ons vermoë vir die Here te werk," sê die oom en die entoesiasme in sy stem ontgaan Johan nie

Wanneer hy die rekening wil betaal omdat hy voel dat dit die minste is wat hy kan doen, wil nie een van hulle dit aanvaar nie.

"Ons bless jou 'n bietjie vandag, Johan, en dit is 'n voorreg."

Elke keer noem hulle sy naam op 'n unieke wyse en dit raak hom.

Voordat hulle egter opstaan praat die vrou weer.

"Johan, mag ek vra wat jy in die Kaap gaan maak?"

"Besigheid, Tannie ... Ek gaan vir besigheid."

Wanneer sy egter stilbly en net stil na hom sit en kyk, voeg hy by: "Ek gaan iets klaarmaak wat ek lankal wou gedoen het."

Nie een van die twee mense antwoord nie en baie praat bly ongesiens in die lug hang.

Hy voel skuldig teenoor hulle, maar skud dit ongesiens af wanneer hy buite kom en die fel hitte op sy kop voel brand. Daar is nie nou tyd vir sagtheid nie. Hy wag al jare vir die dag en hy het reeds sovêr gekom

Wanneer die motor wegtrek rol sy gedagtes weer terug na die begin.

Smiddags na skool moes hy sy pa se duiwe kosgee en in die tuin werk tot sy pa van die werk af kom. Alles moes perfek gewees het. Sy pa sou dan sy tee gedrink het by die kombuistafel en daarna sou hy en sy pa buite-toe gegaan het. Dan het sy pa gekyk of hy alles gedoen het wat hy gesê het hy moes doen.

Die beddings moes netjies gemaak gewees het. Perfekte en netjiese walletjies aan die kant van elke bedding.

Eendag het sy pa 'n voetspoor daar gekry. Hy was toe al in die hoërskool en moes sy voet daarin pas. Die voetspoor het aan hom behoort. Hy het 'n helse pak gekry.

Die duiwehok was 'n ander storie. Daagliks moes hy skoon water en kos gee en eenmaal 'n week moes die hokke skoongemaak word.

Sy pa en hy was eendag besig in die duiwehok om ringetjies om die duiwe se pootjies te sit en sy pa het vir hom 'n baba-duifie gegee om vas te hou. Van pure senuagtigheid het hy die duifie laat val.

Daardie dag het hy kennis gemaak met sy pa se woede soos hy menigmaal daarna sou.

Klere was vir sy pa en ma baie belangrik. Hy onthou hy mag nie vuil geword het soos ander seuns nie en as hy sou, moes hy dadelik gaan bad en skoon aangetrek het.

Mooi aantrek was vir hom ook altyd belangrik en tye waar geld nie 'n kwessie was nie, het hy altyd die beste klere aangetrek.

Later toe hy getroud is was sy eks dieselfde. Net die beste was goed genoeg vir hulle.

Op sy sewentiende verjaardag het iets in hom gebreek en hy was toe reeds deurmekaar met verkeerde vriende. Skelm het hy saam met hulle uitgehang. Dit was 'n ontvlugting.

Snaaks sy pa het hom laat uitgaan. Nooit gevra waar hy was of saam met wie nie. Dis asof hy nie regtig omgegee het oor sy diepe welsyn nie. Hy moes steeds in die tuin werk soos 'n slaaf, maar dié het hy gedoen. Dit was meestal naweke wat hy na vriende toegegaan het. Nooit het hulle by hom kom kuier nie.

Hy het baie belanggestel in musiek en ook in die dorp se orkes kitaar gespeel. Tot een aand waar een van die ouens hom gevra het om saam te gaan na 'n partytjie naby Johannesburg. Dit was by 'n ander ou se huis en gou het hy saam met hulle begin drink.

Hy het stormdronk geword daardie aand. Hy en 'n klomp ouens het huis toe gery. Hy was nie eers bewus daarvan dat hulle ry nie. Op pad is hulle afgetrek en toegesluit. Die volgende oggend het hy in die selle wakker geword.

Sy pa het gewag voor die polisiestasie. Nog nooit het hy sy pa so gesien nie. Op pad huis toe het hulle nie gepraat nie.

Hy het saggies geprewel: "Ek is jammer, Pa."

Daar was geen reaksie van sy pa se kant af nie.

By die huis het hy sy ma se verslae gesig in die kombuis aangetref. Sy wou keer, hy onthou dit, maar daar was geen keer aan die man wat hy geken het as sy pa nie.

In die een spaarkamer was 'n lessenaar en dit was min of meer soos 'n studeerkamer ingerig. Sy pa het hom beveel om sy hemp uit te trek en oor die lessenaar te gaan lê. Hy het die sambok wat hy so goed geken het uit die kas gehaal en die eerste hou kan hy nog onthou.

Die fluit deur die lug. Sy pa, die met mening en woede slaner.

Sy rug was plekke bloeiend en oop. Hy moes drie weke in die bed lê. Sy ma het sop aangedra, maar is nie toegelaat om enigiets op sy rug te sit nie.

Soms sou hy sy pa se stem hoor: "Los die klein bliksem! Hy moet leer en hy moet voel wat die werklikheid is en dat die lewe nie sy speelmaat is nie."

In die tyd wat hy in die bed gelê het was sy pa eenmaal in die kamer, maar dit was nie om te kom kyk hoe dit met hom gaan nie. Sy oë was toe, maar hy kon steeds sy pa se teenwoordigheid in sy kamer aanvoel. Die hele kamer het na sy Old Spice geruik.

Tot vandag kan hy nie daardie reuk vat nie.

Die woorde wat sy pa daardie dag vir hom gesê het was egter 'n duisendmaal erger as die sweep se houe: "Jy sal vir altyd 'n waterdraer wees. Jy sal nooit êrens kom in die lewe nie."

Net so skielik soos wat sy pa ingekom het, het hy omgedraai en uitgeloop.

Die woorde het in die lug bly hang en aan hom kom kleef.

Daardie dag het hy 'n besluit geneem om nooit dit te word wat sy pa hom toegesnou het nie.

Op net agtien het hy van die huis af weggeloop.

Hoofstuk

4

Hy het geryloop so ver as wat hy kon en hy het in Durban
op die stasie werk gekry. In die aande het hy in die treintrokke geslaap en so het Weyers op sy pad gekom en hulle het vriende geraak.

Weyers was vir hom soos 'n broer, maar gou was hy blootgestel aan die blinkgeit en aan vinnig geldmaak op maniere wat nie altyd eerlik was nie. Hy was egter onbewus daarvan.

Weyers het verskeie vakansiehuise gehad in Durban.

Hy moes die bestuur vir hom behartig. Dit het goed gegaan en toe Weyers voorstel dat hulle nog takke oopmaak in die Kaap was hy gewillig. Hy het immers nie 'n vrou en kinders gehad nie. Nog nie.

In die Kaap het hy haar ontmoet. Die vrou wat sy hele lewe sou verander.

Sy was geskei en 'n paar jaar ouer as hy, maar dit het hom nie gepla nie. Hulle het sommer vinnig in die hof getrou en gedurende daardie tyd was geld nie 'n probleem nie.

Sy was beeldskoon en hy het graag met haar geskou. Hulle het gedurig partytjies gehou en sy vrou se kooplus was onversadigbaar.

Oorsese reise het gevolg. Seiljagte en sy het gekoop sonder ophou. Hy kon eenvoudig net nie meer byhou nie.

Een of twee keer het hy haar genader om met 'n gesin te begin. Dit het elke keer op 'n doodloopstraat uitgeloop. Sy pa se woorde van destyds het gedurig by hom gespook. Hy het af en toe sy ma gebel met haar verjaardag, maar het nooit weer met sy pa gepraat nie. Sy ma is later na 'n kort siekbed oorlede en sy pa het glo weer getrou.

Skuldgevoelens het hom gery, maar ten minste is sy ma dit gespaar toe hy tronk toe is.

Wanneer die tannie uitroep van verwondering oor die mooi
van die Mitchells-pas lag die oom hardop. "Skatjie, dis wat my so lief maak vir jou die dat jy God se Skepping so vreeslik waardeer. Kan jy nog onthou toe jy dit die eerste keer gesien het?"

"Ek onthou hoe jy moes stilhou en hoe ek aanmekaar foto's geneem het." sê sy laggend.

Die tannie draai skuins in haar sitplek en knipoog vir Johan. "Die oom het my omgekoop met die mooiheid van die Weskus." sê sy en die lag kruip op tot by haar blousel-blou oë.

Hy weet die afdraaibord Kaapstad toe kom al nader. Dis daar waar hy sal moet afklim.

Skielik is hy onwillig. Die geborgenheid hier saam met hierdie twee mense het hom vir die eerste keer in jare laat verlang na iets anders. Verlang na iets wat hy weet hy nog nooit in sy lewe gehad het nie.

Net so vinnig wat die gevoel egter ontstaan het, onderdruk hy dit. Hy moet fokus op sy doel vir dit waarheen hy op pad is. Hy moenie nou kop verloor nie.

"Jy weet, ou seun, sien jy hier voor staan die bordjie Tolhuis? Ek wil jou iets interessant daaroor vertel. Ek weet nie of jy dit weet nie?"

Hy antwoord nie, maar wag geduldig vir die oom om verder te praat.

Wanneer hulle verby die draai is begin die oom weer praat en sonder dat hy daarvan bewus is luister hy aandagtig.

"Jare terug het die destydse transportryers hulle vragte daar verby geneem op pad na die Noorde. Hulle moes natuurlik betaal om hierdeur te gaan vandaar die naam die Tolhuis. 'n Mens kan dit seker die eerste tolpad noem as 'n mens so dink."

"Dis voorwaar interessant, Oom" gee hy erkenning aan dit wat hy nie geweet het nie.

'n Lang ruk gaan verby en hulle is al amper verby die laaste vrugteplaas toe die oom weer praat. Hierdie keer baie duidelik en met sinne wat bloei van opwinding maar ook respek.

"Jy weet, Johan, ek is seker jy sien dit ook so ... dit was ook 'n pad waarop betaal moes word. Is dit nie wonderlik dat die pad na die Vader verniet is nie ... en andersom? Die Here Jesus het reeds die deurgang se geld betaal. Ons loop en gaan deur verniet."

Vir 'n lang ruk is dit stil en dis asof die woorde in die kar bly hang. Hy maak naderhand die venster oop, maar dis asof iets hom dit weer maak toemaak.

Watse pad praat hy van ... tog seker nie God se pad nie? Wat is betaal? Niemand het nog ooit vir hom iets betaal nie en definitief nie God nie. Hy moes blêrrie hard werk vir als en later nog selfs steel ook, en hoeveel jaar het hy nie in die tronk gesit vir daardie misstap nie?

Miskien werk die pad vir hierdie man en vrou in die kar, maar beslis nie vir hom nie.

Skielik is die bordjie Kaapstad toe voor hom en met 'n baie kortaf stem praat hy terwyl hy vooroor leun. "Oom en tannie kan my sommer hier aflaai. Ek sal verder regkom.

Hy weet hulle gaan by Gouda wegdraai. Hulle bly op Dwarskersbos. Verder weet hy net dat hulle vir hulle Here werk.

Hy wil ook nie verder weet van hierdie mense se wonderlike pad nie. So 'n pad het hy nie geken nie en duidelik sal hierdie mense nie verstaan van 'n alleenwees en boet nie.

Die oom verminder spoed en die gruis langs die teer spat op net voor die voertuig tot stilstand gebring word.

Sy hand is reeds op die handvatsel van die deur en hy is gereed om hulle baie te bedank vir die geleentheid toe die oom begin praat.

Dis wanneer hy sy naam sê dat hy iets hoor wat hy nog nooit tevore gehoor het nie. Sy naam klink vir hom mooi, asof die oom waarde daaraan wil toevoeg.

"Johan, daar anderkant toe ons stilgehou het het ek en die tannie gepraat ..."

Asof die tannie dit wil beaam voeg sy by: "Ons kan jou mos nie nou net hier aflaai nie, my kind. Hier kom nie eers nou karre verby nie en hoe lank gaan jy nie hier staan en wag voordat iemand jou oplaai nie?"

Heeltyd was hy amper hierdie gesprek te wagte en het reeds sy antwoord gereed voordat hy oorhaastig die deur oopmaak om uit te klim.

Asof hy dit verwag het praat hy haastig: "Julle hoef nie bekommerd te wees nie, Oom ... Tannie, julle het my baie gehelp."

Buite het die wind opgekom en hy moet effe aan die kar vashou om sy balans te behou. Sy hemp bol weg van sy rug en in 'n oomblik voel hy weerloos.

In die lewe het hy geleer dat 'n doel net bereik kan word deur opoffering en dit laat hom wegbeur van die kar.

Die oom en tannie huiwer maar trek tog stadig weg.

"Ry!" wil hy skree ... "Ry ... Julle loop 'n ander pad as ek! 'n Pad met julle God wat ek weet nie bestaan nie."

Hy weier om hulle agterna te kyk. Sy een hand omklem die band van sy skouersak en die ander hand hou hy in 'n vuis gebal langs sy sy.

Nooit weer sal hy na iets of iemand hunker nie.

Hoofstuk

5

Hoeveel nagte het hy nie op sy selbed gelê en hunker na 'n vrou nie? Aan die begin was dit sy vrou, maar later enige vrou. Dan het hy in sy verbeelding haar sagtheid onder sy vingers gevoel en haar rondinge gestreel. Af tot by haar begeerte om dit vir homself op te eis.

Nooit is die begeerte tot die einde volvoer in sy gedagtes nie. Daar is te veel haat en te min oor in hom om spontaan uiting te gee aan menslike begeerte.

Selfs dit is van hom weggeneem.

Spontane uiting van 'n man se begeerte.

Hoe haat hy hom nie ... en vir haar.

Dis eers wanneer hy die gruis hoor spat bokant die wind en opkyk dat hy die voertuig sien wat langs hom stilgehou het.

Hy kan sy oë nie glo nie, maar hierdie keer klim die ou man self uit en loop om die kar. Sy verbasing steek hy weg en bly stil toe die oom begin praat.

"Boeta, kan jy net vir 'n oomblik inklim daar is nog iets wat ek en die tannie vir jou wou sê."

Hy is wragtig nie lus daarvoor nie, maar klim tog in.

Die wind waai sterk en dis meer uit respek vir die oom wat nou ook vashou aan die kar en beur teen die wind. Hulle kan mekaar buitendien nie hier buite hoor nie. Daar is 'n storm op pad en hy sal moet wragtig vinnig 'n lift kry.

Binne die kar wil hy eers praat, maar daar is iets wat hom nie toelaat nie. Net 'n kort stilte en die oom praat met 'n nederige gesagstem wat hy nog nie tevore gehoor het nie.

"Jy sien Boeta, ek en die tannie was gereed om jou wens te respekteer en jou dan nou te los om selwers reg te kom. Maar Boeta, wanneer die Here met 'n mens praat dan moet ons luister, en Hy het met my en die tannie sommerso in dieselfde tyd gepraat."

"Wat ek eintlik probeer sê, dit was Hy wat gepraat het want ons het saam gehoor. Wat Hy gesê het, is dat ons jou moet kom oplaai en saam met ons huis toe neem sodat jy eers 'n bietjie gaan rus daar by ons. Al is dit net vir 'n daggie of so. Dis al laat en jy gaan dalk in die nag opeindig hier langs die pad."

Miskien is dit die oom se stemtoon of dalk sy eie liggaamlike moegheid wat hom laat besluit, maar soos hy geleer maak het by een van sy tronkpelle, haal hy 'n los muntstuk uit sy broeksak.

"Oom, laat ek net eers gou ..." en dan skiet hy die muntstuk op. "Dis kop, Oom ... ek sal saam met julle gaan, maar net vir vanaand."

By homself dink hy amper hardop: Net vanaand. Een aand nog. Wat maak een aand nog saak vergelykend met al die honderde aande agter die tralies?

Die ou man draai terug na die stuur nadat hy die muntstuk opgeskiet het, maar dan praat sy vrou.

"Johan, ons as kinders van God is altyd die kop en nooit die stert nie, dit moet jy ook altyd onthou."

Dadelik vererg hy hom effe en is sommer spyt dat hy ingestem het om saam te gaan. Hy verstaan nie wat sy praat van kop of stert nie. Die lewe is 'n spel en as die geluk in jou skoot val dan is jy dêm gelukkig.

Hy was nog nooit nie.

Verder op die pad word nie veel gepraat nie en dis eers anderkant die sementfabriek nog voor Velddrif waar die oom-hulle bly teen die see soos hy gesê het, dat die oom weer praat.

"Ek weet nie of jy weet nie, maar ken jy die geskiedenis van die gastehuis waar ons nou verby is?"

"'n Sekere man met die naam George Dunn het die plek gekoop by 'n boer en daar 'n sanatorium gevestig vir mense wat kroniese siektes gehad het. Dit was suksesvol en baie mense is hier gehelp."

"Vandag doen ek en die tannie min of meer dieselfde. Ons bediening is ook met mense wat kroniese probleme het en deur die genade van die Here help ons sommige om weer sin in die lewe te kry."

Hy is nie lus om uit te vra nie, maar doen tog so. "Hoekom dan net party en nie almal nie, Oom?"

'n Paar minute gaan verby en wanneer hy praat is dit met baie deernis. Ook iets wat hy nie ken nie. In die tronk word daar nie mooi met jou gepraat nie en daar word jy behandel vir dit wat jy is. 'n Misdadiger.

"Jy sien, Johan," noem die oom hom weer op 'n manier wat vir hom vreemd is op sy naam. "hier by ons kom baie gebroke mense. Sommige het niks en ander het alles, maar eintlik ook maar niks. En dan maak die Here hulle heel."

Hy voel nie om die ou man te antwoord nie. Dit voel ook nie of daar 'n afwagting is vir 'n antwoord nie.

Hoofstuk

6

Wanneer hulle deur die dorp Velddrif ry kyk hy rond en skielik voel dit asof almal hom sien in die kar en weet wat hy wil gaan doen.

"Jy was nog nooit hier nie?" vra die tannie.

Hy skud net sy kop

"Dit is hoofsaaklik 'n vissermansdorpie en hier word vis gevang en ook verwerk. Vang jy vis, Johan?" vra sy asof hy vrolik sal uitroep ja hy doen.

"Ek het al, Tannie." Hy vertel nie dat hy sy eie seiljag gehad het nie. Daarop is gewoonlik van die wildste partytjies gehou. Vir plesier, die hele tyd was dit vir plesier.

Hulle ry by 'n plek in wat lyk soos 'n hotel en hy wonder wat hulle daar soek.

Voor hy kan wonder sien hy 'n groot boot op 'n trailer en mense is besig om aan die boot te werk.

"Ons gaan net gou 'n ietsie kry om te eet. Is dit reg met jou Boeta?" vra die tannie. "Kom ons gaan sit sommer daar onder die bome. Dis lekker koel daar."

Wanneer hulle eers sit kan hy die prentjie voor hom inneem.

Die houttafels en banke skep 'n informele kuier atmosfeer. Die rivier loop voor hulle verby en op die hawehoof sit seevoëls in hulle massas. Hulle krys en dit word vir hom 'n mooi wat hy altyd sal onthou, al kom hy ook nooit weer hier nie. So ongekunsteld mooi.

Hy hou van mooi dekor en ontvangs by hotelle soos die waaraan hy gewoond was. As hy darem dink aan al die beste en duurste akkommodasie, selfs oorsee waarheen hy en sy eksvrou gegaan het. Sy huis in Blouberg is seker nou nog 'n paleis waar glas en marmer seëvier.

Sy en die bliksem bly seker daar, want die huis was op haar naam. So dis nie meer syne nie.

Die informele atmosfeer wat heers was nooit daar nie en hy weet ook dat hy die oppervlakkigheid en die valsheid van voorgee nie mis nie.

'n Groot mollige vrou kom neem hulle bestelling. Haar deurgewaste denim span om haar boude en sy het 'n effe te kort rooi t-shirt daarby aan. Op haar naamplaatjie wat effe skeef sit, staan haar naam en die hotel se naam onderaan. Haar hare is skoon en teruggekam in 'n ponie. Dit blink swart in die son.

Sy glimlag gelukkig en hy kan sien dat sy blom toe die oom na haar gesin se welstand uitvra. Haar uitspraak is propvol bry en haar ogies trek klein wanneer sy van hulle nuwe kind praat, soos sy die noem.

Die kind kom hy agter is 'n hondjie om wie hulle lewe draai. Gou haal sy haar selfoon uit om te spog met die nuutste foto's.

Belangeloos kyk hy effe gesteurd wanneer sy die foon ook voor hom hou.

'n Piepklein yorkie, kan jy glo, met helderpienk kleertjies en dieselfde kleur strik in die kort haartjies kyk na hom met groot oë.

Hy maak nie die verwagte oe en aa geluide nie en daar verskyn 'n frons tussen haar oë. In plaas van aan te hou praat oor die hond praat sy skielik direk met hom.

"Meneer lyk vir my moeg." Sy wag nie vir hom om te antwoord nie, maar borduur voort met die lig in haar stem. "Hierdie is die beste plek om te rus ook vir jou binneste." Dis asof sy nou meer dit net vir haarself sê.

Nadat sy die bestelling vir hulle kos geneem het draai sy weg om met die trappies op te gaan wat seker na die kombuis lei.

"Ons vat dit as take-aways." sê die tannie.

"Ek wil graag dat jy van ons lekker vis proe," sê die oom laggend.

Die mollige vrou huiwer 'n oomblik en draai dan terug asof sy iets vergeet het. "Pastoor Ben, jy en tannie Alta kan maar vir die meneer my storie vertel, dis mos 'n storie wat hoop sal gee. Dalkies kan die meneer 'n ietsie maak met die storie. 'n Ietsie vir sy hart. Of iemand anders s'n."

Hy vererg hom vir die kelnerin se voorbarigheid en wonder by homself of sy gemoedstemming dan so ooglopend op sy gesig wys. Magtig, hy moenie dat mense hom so ontsenu nie. Hy moet net op sy plan fokus, en dis al. Te hel met hondjies en mense se geluksaligheid.

Weer is hy spyt omdat hy nie sommer reguit Kaap toe gegaan het nie. Hy is net besig om tyd te mors.

"Johan, jy weet toe ons die eerste keer hier kom bly het met 'n vakansie was Diena die een wat ons kamer skoongemaak het en ook ons wasgoed gewas het. Op 'n dag het ons haar gesien waar sy vreeslik huil in die linnekamer. Sy het 'n gestremde kind en die bly bedags by haar ma wat ook by haar bly. Haar man het jare terug met die geboorte van die kind haar net so gelos, en dis toe dat sy werk gekry het hier by die hotel.

"Daardie dag het Diena gehuil omdat alles net eenvoudig te veel vir haar geraak het. Hy het nog nooit onderhoud betaal nie en haar so verniel toe sy by hom gebly het. Ons het 'n pad met haar begin stap en die Here was getrou, en vandag kom haal 'n bussie haar seun elke dag na 'n skool vir kinders met liggaamlike gebreke.

"Onlangs het iemand vir hom die hondjie gekoop en die twee is onafskeidbaar. Soms moet sy lang ure werk en dan kyk haar ma na haar kind. Hulle is egter so getrou en mis omtrent nie 'n biduur nie, al werk sy soms baie lang ure."

Wanneer hulle klaar geëet het vra oom Ben hom om saam te stap. Hulle stap deur die hotel en tannie Alta bring die kar om na die voorkant toe.

Deur die eetsaal draai jy links in 'n gang waar oral teen die mure afdrukke hang van vissermanne wat besig is om vis te vang op skuitjies. Die swart en wit afdrukke skep 'n unieke atmosfeer van lank gelede.

Aan die einde van die gang is 'n portaal en agter die toonbank sit 'n kort ook gesette vroutjie druk besig om oor die telefoon te praat.

Die eerste wat hom opval is haar groot borste. Dié druk teen die lessenaar en die sweet loop haar af wat sy kort-kort afvee. Wat hom ook opval is haar klein voetjies wat net-net die grond raak. 'n Komieklike figuurtjie, sê hy in sy gedagtes.

Wanneer sy hulle sien, of eerder seker die ouer man, waai sy ywerig en wys met 'n gebaar van haar hand dat sy amper klaar gepraat is.

Regs van haar is 'n kort gangetjie met tipiese outydse kroegdeure. Bo-aan is 'n bordjie waarop staan *BAR* en *Reg van toegang voorbehou.*

Net toe die vrou die telefoon neersit, swaai die kroegdeure oop en 'n ewe kort en dik ronde man kom uit.
Sy hare is glad gekam, maar wanneer hy breed glimlag sien Johan dat hy nie tande in het nie.

Intussen het tannie Alta ook bygekom deur die glasdeure van die hotel en staan sy hand om die lyf met die gesette vroutjie en gesels. Die praat aanmekaar en die bry in haar uitspraak klink vir hom mooi.

Hier en daar hoor hy 'n deel van die gesprek en die woorde "kanker" en "nuwe behandeling" val op sy oor. Hy hoor ook die naam Betsie, want tannie Alta beaam heeltyd met 'n simpatieke klik van haar tong.

"Joe, Betsie, dis erg jong. Toemaar, ons gaan hierdie kanker vir jou wegbid."

Vir 'n oomblik dink hy aan sy ma wat aan kolonkanker dood is. Skuldgevoelens oorweldig hom amper, want hy was nie daar toe sy gesterf het nie.

Ook nie by die begrafnis nie.

Oor sy pa.

Daar is egter nie tyd om nog te dink nie, want die man sonder tande praat jolig en luid met hulle.

"Pastor, kom karaoke eers 'n bietjie saam met ons hier in die Ou Bar. "

Met 'n gebaar om Johan saam te nooi wink die ou man vir hom en sy mond val oop. 'n Pastoor in 'n bar in. Wat de hel?

Binne is 'n lang toonbank en teen die een muur is drank van alle soorte tipies wat in 'n bar gevind word. Die man sonder tande is blykbaar die barman en hy nooi hulle
gul om by die toonbank te kom sit.

"Wat drink die meneer?" vra hy vir oom Ben terwyl hy vir hom kyk.

"Coke sal lekker wees, Willie," antwoord oom Ben en hy knik 'n ja.

Hy vul hulle glase eers met blokkies ys en dan met Coke. "Die is op die huis," sê hy vriendelik wanneer hy die twee glase voor hulle sit. Met die draai hy die musiek harder en sing hartlik saam: "Transkaroo, bring haar huis toe. Laat jou ysterwiele rol, bring haar en maak my lewe vol."

Nou-eers sien Johan die ander mense in die bar. 'n Bejaarde egpaar sit aan die ander kant van die toonbank en die man het ook 'n mikrofoon in die hand. Saam sing hulle die bekende liedjie.

Wanneer die laaste note wegsterf klap die skrale gehoor hande.

"En waar is dit lekker?" vra die ronde barman.

Almal lig hulle glase en koor saam. "HIER HIER IN DIE OU BAR IS DIT LEKKER."

Wanneer laas het hy 'n dop gedrink? Hy wonder wat sal die goeie pastoor sê as hy skielik vir homself 'n dubbel bestel. In sy lewe voor die tronk het daar nie 'n aand omgegaan wat hulle nie gekuier het nie. Gewoonlik is daar onthaal by sy huis. Die kontras tussen daardie en hierdie kan hy amper nie herroep nie.

Oom Ben teug sy laaste slukkie en roep dan hard genoeg dat almal kan hoor. "Sien ek julle almal Sondag, mense?"

"Definitief, Pastoor, ons is daar, boots en all" antwoord die oom met die mikrofoon in sy hand.

Eers wanneer hulle in die motor is kan hy nie help om die vraag wat in sy kop bly maal hardop te uiter nie. "Oom, nou hoe is dit dat die kerk nie beswaar maak dat oom, wat 'n predikant is, saam met die mense in 'n bar kuier nie?"

Daar is 'n lang stilte wat volg en net toe hy dink dat hy nie 'n antwoord gaan kry nie kom dit onverwags.

"Johan, hierdie mense is spesiale mense, en namate jy hulle leer ken sal jy sien dat hulle die sout van die aarde is. Ek het vandag spesiaal daar ingegaan om jou bekend te gaan stel aan 'n paar van my gemeentelede."

"Maar Oom, dis 'n bar en elkeen sit met 'n dop voor hom ..." Dis asof hy die ou man in 'n hoek wil dryf.

"Johan, die barman en sy vrou werk al jare vir die hotel. Hy in die Ou Bar soos hulle dit noem, en sy by ontvangs. Sy is verlede jaar gediagnoseer met kanker. Saam kry hulle nie veel van 'n inkomste nie en het natuurlik nie 'n mediese fonds nie. Hy en sy werk dag en nag om kop bo water te hou. Meeste van hulle geld gaan egter vir haar chemo-pille. Jy sal haar egter nooit hoor kla nie en die behandeling help.

"Ek en die tannie het geleer om nie te oordeel nie, maar slegs onvoorwaardelik liefde te gee. Hulle kom wanneer hulle kan elke Sondag kerk toe en jy sal nie glo nie, wanneer daar mense is wat nie 'n heenkome het nie gee Koos en Betsie vir hulle blyplek."

"Maar Oom ..." begin hy weer.

"Wag, laat ek jou van die ander twee vertel," val die oom hom in die rede. "Dis nou die man wat ook daar gesit en sing het. Hy en sy vrou se dogter bly in die Kaap, maar haar sien hulle nooit nie. In haar rykmanslewe en besige bestaan is daar nie plek vir haar ouers nie. Hulle bly net buite die dorp op iemand se plot in 'n klein woonstelletjie."

"Die bietjie Sassa-geld wat hy kry is nie genoeg vir hulle behoeftes nie. En jy sal nie glo nie, Vrydae gaan haal Willie en Betsie hulle sodat hy hier in die bar kan kom sing. Meestal gee hulle vir hulle 'n vleisie om te braai vir die naweek en dan kan hulle 'n geldjie maak met hom wat sing. Dit help hulle darem om hulle huur te betaal.

"Johan, onthou wat ek vandag vir jou gaan sê, maar miskien weet jy dit ook. Onthou toe Jesus op die aarde was het hy ook by plekke ingegaan wat vir die kerkmense sondige plekke was. Kan jy onthou jy hoe Sy dissipels Hom probeer keer het? En toe vertel Hy daar tussen die sondaars die storie van die Verlore Seun. Dink jy hulle sou na Hom geluister het as Hy hulle sondes voor hulle koppe gegooi het?

"Jy sien, Johan, ek sê altyd as die kerk nie na sigarette en drank ruik nie dan doen die pastoor nie sy werk nie. Mense wil nie hoor hoeveel sonde hulle doen nie hulle wil hoor hoe lief die Here hulle het. En wanneer hulle eers by daardie punt uitgekom het, dan val die sondes sommer soos bosluise van hulle af."

Hierdie keer val hy die oom nie weer in die rede nie, maar praat ook nie saam nie.

Wanneer hulle deur die dorp ry kom daar 'n gevoel van verlatenheid oor hom. Dis asof daar 'n gemis by hom ontstaan wat hy nog tot onlangs toe nie ervaar het nie. 'n Gevoel van pas nie in nie en hy herken dit as dié wat hy dikwels ervaar het as 'n seuntjie.

Hy het nie eintlik maatjies op skool gehad nie, en waar die ander seuns dikwels maats huis-toe gebring het was hy te bang. Hulle huis was blink-skoon en kindwees het vir hom bestaan uit werk en nogmaals werk. Alles moes perfek gewees het, van die huis tot by sy pa se verdomde duiwehok.

Later in sy lewe het hy besef hy is dieselfde en daar was 'n string skoonmakers by hulle huis.

Skielik kom die beeld in sy gedagtes op. Hierdie keer so erg dat hy kan voel hoe die naarheid in sy keel opstu. Hy wring sy hande teenmekaar en bal dit in vuiste.

Goeie fok, hy is besig om tyd te mors. Hy mors tyd wat hy nie het nie om by hierdie mense rond te hang.

Geïrriteerdheid vir hulle goedheid en liefde en naaste diens neem van hom besit. Daar is nie tyd om rond te hang en hulle liefie-diefie te aanskou nie.

Sweetdruppels vorm op sy voorkop en hy voel hy kry nie asem nie. Sy linkerhand vind die handvatsel en hy wil dit oopmaak en uitspring. Hierdie mense het nie 'n benul van wat die lewe is nie. Hoe sal hulle weet van die verraad?

Hy loop skielik weer met die trap met staalrelings tot bo. Die kamerdeur is toe, maar hy kan weer die geluide daaragter hoor. Diep kreungeluide wat gepaard gaan met opgewondenheid.

Hy onthou nog hoe hy vir 'n oomblik gedink het dat sy besig is om haar fiksheidsoefeninge te doen. Alhoewel die gimnasium in die onderste vlak van die huis was het hy op daardie oomblik geglo dat sy hard besig is om te oefen. Trots en waardering vir haar lyf was altyd op die voorgrond.

Haar soepel en fikse lyf wat nie 'n krieseltjie vet bevat het nie.

'n Lyf wat syne was – net syne.

Met elke beweging nader aan die deur kon hy elke spier in sy liggaam voel saamtrek. Sy asemhaling het dieper geword en dis asof hy toe al geweet het dat daar tussen hom en die waarheid net 'n deur was.

Die deurknop was koud in sy hand en hy kon die gladheid van die sweet in sy handpalm voel toe hy dit neem om oop te draai.

In daardie oomblik het die beelde van sy mooi vrou voor hom afgespeel. Van die oomblik wat hy haar ontmoet het het dit hom getref hoe sy in die jare verander het.

Wanneer het die verandering plaasgevind, het hy gewonder. Tog het hy ook bewus geraak van sy intense liefde vir haar. Sy het met hom getrou toe hy reeds op pad was na sukses. Nooit het sy vrae gevra oor hoe en waar die geld vandaan gekom het nie. Solank dit net daar was het hy ook met die tyd besef. Mooier en blinker en duurder was vir haar die alfa en die omega.

Dit het hom gedryf en dit het ook nie meer vir hom saakgemaak hoe hy aan die geld kom nie. Eers het die onwettigheid wat Weyers aan hom voorgehou het sy gewete gepla toe hy daarvan uitvind, maar altyd was sy woorde 'n troos.

"Johan, ander voel niks vir jou nie. Stick with me and you never go hungry again," het hy nog die Scar karakter in die kinderprent Lion King aangehaal.

En hy het, glo dit, hy het.

Weyers het nie net 'n soort van 'n broer-figuur vir hom geword nie, maar hy het sy alles geword. Sy mentor en broer en ook sy beste vriend.

Weyers het hom al hoe meer verantwoordelikhede gegee in die bestuur van hulle boeke. Hy het hom geleer hoe om hulle boeke te kook om mense met oop oë te bedrieg sonder om 'n duit daarvoor te voel.

Dit het gewerk en hulle het ryk geword. Nie net ryk nie, maar skatryk. Hulle het gretig geraak en wou nog meer hê.

Genoeg was nie meer nie genoeg nie.

Die blond, soos hy na sy vrou verwys het, het gekoop en het meestal gereis vir haar aankope. Soms het hy saamgegaan ander kere nie. Daar was tye wat hulle twee keer 'n jaar nuwe meubels in sommige vertrekke gekry het.

Die koop was nooit vir hom belangrik nie, maar wel die sukses. Die gevoel van mag was soos 'n dwelm en hy het dieper en dieper daarin verstrengel geraak.

'n Skok het gekom toe Wyers se vrou selfmoord gepleeg het.

Hy onthou nog vir Hantie. Sy was die teenoorgestelde van Luzaan. Altyd op die agtergrond en Luzaan het soms spottenderwys van haar gepraat.

"Weyers se vrou pas nie by hom nie, sy weet nie hoe om die lewe te geniet nie."

Hy het impulsief vir haar gevra nou wat is dit om die lewe te geniet.

Haar kyk het hom ontstig en haar antwoord nog meer. "My liewe Johan, kyk om jou jy het alles om voor te lewe."

Die feit dat sy met hom gepraat het soos met 'n kennis met wie sy geïrriteerd was eerder as haar man, het hom nie ontgaan nie. Hulle het na Weyers toe uitgereik en hom soort van in hulle huis ingeneem.

Weyers en sy vrou het nes hulle, nie kinders gehad nie. Dit het alles maklik gemaak en hulle verhouding het net nog hegter geraak.

Luzaan het meer as eenmaal sommer langs Wyers op die lening van sy stoel gaan sit en vir hom vertel hoe baie sy vriendskap vir hom en haar beteken en dat hy vir haar die broer geword het wat sy nooit gehad het nie.

Dit het hom bly gemaak, want hy het gedink hoe moeilik dit sou wees as sy vrou byvoorbeeld nie van sy vriend gehou het nie.

Baie kere het hulle drie saam vakansie gaan hou wat meestal gespruit het uit 'n surprise bespreking en alles klaar betaal deur hulle goeie vriend.

In sy gedagtes is die deur nog toe en hy kry dit net nie reg om dit oop te maak nie.

Hoofstuk

7

Wanneer hulle stilgehou het weet hy nie, maar skielik praat die tannie en word hy bewus van waar hy is. Sy hand is nog besig om die muntstuk tussen sy geswete vingers om en om te draai in sy broeksak.

Kop of stert waarvolgens hy sy lewe inrig. Waarvolgens hy sy keuses maak.

Dis al wat hy het.

"Ons het gedink om net so 'n bietjie hier langs ons mooie see uit te klim Boeta, maar jy sal jou skoene moet uittrek, want glo my, dis die sagste sand wat jy seker nog in jou lewe onder jou voete gevoel het."

Die stemme in sy kop word nie stil nie en hy hoor weer sy pa. "Jy trek nie jou skoene uit nie, Johan. Dis sommer common om kaalvoet te loop."

Die dag toe hy hulle wel uitgetrek het, en dit toe nog weggeraak het, onthou hy nog die straf.

Hulle het rugby geoefen en sy skoene was net weg.

Vir twee weke moes hy met sy kerkskoene skool toe gaan as straf.

51

"Ek wil jou leer waardeer, Johan, en jou leer om dit wat ons vir jou gee op te pas."

Tot met die einde van die kwartaal, tóé het hy eers nuwe skoene gekry en daarvoor moes hy werk. Drie ure in die middag na skool in die tuin en vyf ure op 'n Sondag, om te leer waardeer.

Die wind waai steeds wanneer hulle uitklim. Huiwerig maak hy sy veters los en los sy skoene netjies langs mekaar in die kar.

Dan rol hy sy broekspype op. Sy broek moenie vuil word nie, hy sal 'n wassery moet soek as hy wasgoed wil was.

Hy is dankbaar dat sy voete versorg is, ook sy toonnaels is netjies.

Die oom en tannie wag nie vir hom nie, maar loop laggend hand aan hand na die soom van die see. Soos kinders skop hulle die water en hulle uitbundigheid ontstel hom. Hy voel weer asof hy nie hier hoort nie.

Dis egter net tot hy die sagte sand onder sy voete voel. Dis asof hy op 'n mat loop en die prentjie voor hom van die stil strand en rustige water verberg die swaar gedagtes.

Die ouer man en vrou wink hom nader en dis duidelik dat hulle hom iets wil wys. Hy stap nader en kyk vraend wanneer hulle sy aandag trek na iets in die water.

Dan sien hy die rob.

"Kyk die rob Johan, hy gee vir ons 'n vertoning."

Sy oë is nou op die rob wat plas en rol hier amper by hulle. Dis asof hy spesiaal sy ratse bewegings vir hulle skou en hy geniet die oomblik.

Wanneer hulle naby kom lig hy sy stert en plas sy blink gladde lyf neer om net weer om te draai en dieselfde te herhaal.

Die oom en tannie lag kliphard.

"Kyk hy terg ons en hy weet ons kyk vir hom," roep oom Ben.

Hy wil saamlag maar kry dit nie reg nie.

Dit tref hom soos 'n skoot koue water in die gesig. Wanneer laas het hy gelag? Kan dit agt jaar terug wees? In die tronk het hy nooit gelag nie. Hy was 'n alleenloper en het nie juis met die ander gemeng nie. Almal wat probeer het om vriende te maak het hom later uitgelos.

Hulle is alleen op die strand en oral is daar klompies seevoëls.

"Kyk hoe leer die ma haar kleintjies die see ingaan, Johan, en sien jy die pa staan nie te ver nie om toe te kyk."

Hy sien die mamma-voël agter die kleintjies keer-keer heen en weer hardloop om hulle water toe te stuur. Die ma neem die leiding en die pa sit net en toekyk.

Hoe anders was dit nie in sy kindertyd nie?

"Is dit nie 'n pragtige gesig nie?!" roep tannie Alta weer uit.

Op pad terug kar toe vertel die oom trots hoe hy die tannie hier gevra het om te trou, en sy weer hoe sy 'n dubbele slag geslaan het. Nie net het sy die beste man gekry nie, maar ook sommer die mooie Weskus ook.

By die kar aangekom sien hulle die bejaarde vroutjie wat langs die pad loop. Sy het 'n hondjie aan 'n halsband en sonder om hulle te sien stap sy stadig met die pad af. 'n Gorgi dieselfde as wat die koningin gehad het.

"Agge nee Ben, daar loop aunt Rose weer alleen die tyd van die dag. Ons sal haar moet terugneem na haar huis."

Oom Ben ry stadiger en stop langs die bejaarde vrou.

Hy draai die venster af en dit lyk eers of die vrou langs die pad hulle nie raaksien nie.

"Good evening, mrs Rose, are you on your way home?"

"Oh, good day, my goodness this is a surprise. I just took Missy for her daily walk."

"Get in, we will drop you at you at your house."

"Oh, that's so kind of you. Wait, let me just clean me and Missy's feet."

Hy kyk toe hoe sy eers 'n geel lap uit die sak oor haar skouer haal en dan haar skoene en Missy se voete een vir een afvee.

"We don't want to dirty your car, Pastor."

Die hond se sagte pels raak aan sy hand en hy trek die vinnig weg.

Sy gesels aanmekaar in Engels oor die weer en wanneer oom Ben hulle aanmekaar voorstel, draai sy na hom en vra wat hy in die Kaap gaan maak.

"Business," hoor hy homself sê en gelukkig stop hulle voor haar huis sodat daar nie nog tyd is vir praat nie.

Nadat hulle haar afgelaai het kan hy nie glo dat die ou tannie en haar hondjie so ver geloop het nie.

"Mrs Rose, soos hulle haar hier noem, is eintlik gebore in Engeland," vertel oom Ben terwyl hulle ry. "Hulle, dis nou sy en haar man, het hiernatoe geïmmigreer toe haar kinders nog klein was. Een van haar seuns het dood verongeluk toe hy op pad was na sy ouers toe van Stellenbosch waar hy gestudeer het."

"So 'n paar jaar terug is haar man dood. Ek en tannie Alta het haar die eerste jaar ontmoet by die hotel toe ons hier vakansie gehou het. Sy bly hier in die dorp, maar gaan elke jaar vir 'n paar dae na die hotel toe ook op Kersdag om nie alleen in die feestyd by die huis te wees nie.

"Haar dogter bly in die Kaap, maar kom nooit by haar ma nie. Hoekom weet ek nie. Dis net sy en haar Missy. In die tyd het ek en tannie Alta haar soms strand toe geneem en dan het sy dit so waardeer. Eendag het sy ons vertel van haar seun en haar woorde sal ons nooit vergeet nie:
You know, Ben and Alta, when they phoned me that morning to tell me and my husband that my son was killed in an accident, I never blamed God for it."

Die woorde kom kleef aan hom sonder dat hy hulle wil hê.

Steeds gaan die storie aan.

"Die ding is net, sy gaan stap elke dag met haar hondjie, maar almal ken haar en wanneer sy te ver stap soos vandag, bel sy sommer die polisie om haar te kom haal."

Tannie Annatjie lag en las by dat daar darem meestal 'n lift vir haar hier verbykom.

Hy het al vergeet hoe laat die son eers ondergaan in die Kaap en kan nie glo dat dit reeds amper sewe-uur is wanneer hy op sy horlosie kyk nie.

Wanneer hulle links afdraai voel hy 'n kol op die krop van sy maag. Hy wil dit ignoreer omdat hy geleer het om spanning te hanteer.

Dis net, dit voel nuut en vreemd om vir die eerste keer buite die tronk te oornag en weer is hy spyt dat hy hom laat ompraat het. 'n Goedkoop hotelkamer sal soveel beter gewees het vanaand. Net hy met sy eie gedagtes en eie planne. Niemand wat vrae vra of wonder oor hom nie.

Alhoewel hy dit die heeltyd opgemerk het dat hierdie twee mense hom nie uitvra nie. Gee hulle nie om nie, of maak dit eenvoudig nie saak vir hulle nie? Hemel, hy was in die tronk! Sou hulle hom steeds opgelaai het as hulle geweet het

Hy kan netsowel 'n moordenaar wees. Eers wanneer die motor voor 'n huis stilhou sny die gedagte in sy dieper denke, way hom skielik laat besef: Dis wat hy gaan wees voor die week verby is.

'n MOORDENAAR!

Hoofstuk

8

Dan fokus hy op die beeld voor hom. Daar is 'n bord voor die huis vasgemaak aan 'n ou windpomp waarop gegewens staan. Kerktye en 'n telefoonnommer en heel onderaan in wit letters: *BY JESUS IS ALMAL WELKOM.*

Die huis se muur se agtergrond is wit, maar is versier met 'n hele paar kruise gemaak van alle kleure glas en klip. Die woord *WELKOM* is ook op 'n stuk dryfhout in sierletters geverf en dié is naby die voordeur, ook teen die wit muur.

Voor die stoep is 'n ou visserskuit met nog 'n ou net oor gedrapeer. Die skuit is 'n helderblou en geel geverf.

Langs die stoep is 'n redelike groot suurlemoenboom en die reuk stu in sy neus op.

Verbaas kyk hy na die gebrek aan 'n buite-muur of 'n staalheining of iets wat veiligheid kan verseker.

Hy word bewus van die twee ouerige mense wanneer tannie Alta in 'n vrolike stem praat.

"Welkom, Johan. Welkom by die Houtkruis."

Die ouerige man beaam wat sy vrou sê en las aan: "Boeta, ons het jou genooi vir vanaand maar ons wil sommer nou hê dat jy sal weet dat niemand wat by ons vertoef ooit haastig hoef te wees om weg te gaan nie."

Daardie dag het hy nie geantwoord nie, maar daardie dag was daar ook 'n deur wat hy nie self moes oopgemaak het nie, maar iemand anders vir hom.

Die voordeur is rooi wat 'n klimaks vorm met die wit huis. Die ouman hou die deur oop vir sy vrou en ook vir hom en toe is hy binne.

'n Pikswart pekinees kom hulle tegemoet en spring beurtelings op teen eers die vrou en dan die man. Wanneer die vrou hom opraap in haar arms lag sy en draai dan na hom.

"Blessing, ontmoet vir Johan ons spesiale gas en jy moet hom ook laat welkom voel, hoor.

Wat vir 'n naam vir 'n hond is dit? Vir 'n oomblik weet hy nie of hy die hond moet aanraak of iets moet sê nie, maar duidelik word dit nie van hom verwag nie.

"Kom Johan, ek dink daar wag vir ons 'n lekker verassing in die kombuis."

Nou eers ruik hy 'n aangename kosreuk wat tesame gaan met mooi klanke van klassieke musiek. Wanneer laas het hy dit gehoor?

Gedurende sy rykmanslewe was dit by tye al wat die gejaagdheid in hom kon rustig maak en hy voel tuis met die mooie klanke van Mozart. Net iemand wat ook 'n waardering daarvoor het sal ook daarna luister.

Dan is hulle binne die kombuis en hy neem die prentjie vinnig waar.

Daar is 'n groot tafel in die middel van die vertrek wat reeds gedek is. Blink houtvloere skep 'n huislike atmosfeer. Wit breekware op 'n sagte geel tafeldoek met in die middel 'n bak met vars vrugte en dieselfde kleur servette rond die prentjie af.

Voor die stoof, besig om iets te roer op die stoof, staan 'n vrou. Sy het 'n lang slooprok aan wat amper tot op haar voete hang. Lang donkerbruin hare wat in 'n slap vlegsel vasgemaak is met 'n lint van dieselfde materiaal as die rok.

Sy moes hulle nie gehoor het nie, want steeds draai sy nie om nie, dalk te wyte aan die musiek wat nou baie harder klink.

Saggies loop die ou man en draai die musiek sagter.

Die vrou draai om en roep uit: "Sjoe, wanneer het julle gekom?! Ek het julle nie eens gehoor nie."

Die tannie loop na haar en omhels haar hartlik. Ook die oom doen mee en hy word dadelik bewus van 'n baie spesiale band tussen die ouer mense en die jong vrou.

Al drie draai na hom waar hy duskant die groot kombuistafel staan, en skielik nie weet wat om met sy hande te doen nie. Sy ongemaklikheid word egter amper dadelik onderbreek wanneer die oom sy naam sê.

"Johan, ontmoet vir Jana. Sy bly by ons en is ook voltyds werksaam in die werk van die Here."

Hy steek sy hand ongemaklik na haar toe uit. Haar hand is skraal, maar ferm in haar handdruk. Vir 'n oomblik kyk hy in haar laggende bruin-groen oë. 'n Vol mond met 'n mooi glimlag, merk hy op. Haar hare is egter vir hom besonder mooi. Effe krullerig en lank en 'n begeerte kom by hom op om daaraan te raak.

"Johan, kom sit, hier is baie kos en ek hoop jy het 'n goeie aptyt," nooi die jong vrou met baie gasvryheid in haar stem. "Ek weet julle het vis ook gebring, maar dit wat oorbly bêre ons vir ons kindertjies wat dit môre kom afhaal."

Wanneer dit seker lyk of hy nie verstaan nie, verduidelik sy vinnig: "Woensdae gee ons kos vir so tien gesinne. Gewoonlik kom haal die groter kinders dit wanneer die skool uitgekom het."

Skielik dink hy aan Luzaan wat amper nooit self kos gemaak het nie. Daar was 'n voltydse kok wat ook die bestellings gedoen het, so sy het maar min iets met die kombuis te doen gehad. Waar dit wat oorgebly het heengegaan het, het haar en nog minder vir hom geskeel.

Tydens die ete gaan die gesprek hoofsaaklik oor mense wat hulp of gebed nodig het en die jong vrou rapporteer heeltyd.

"Jana is ons sekretaresse en sy sorg dat dinge glad verloop met die finansies."

"Eintlik kan ons nie sonder haar nie," voeg die oom as 'n nagedagte by.

"Ai, Oom, dis julle sonder wie ek nie kan nie," antwoord sy met 'n ernstigheid in haar stemtoon.

Na ete nooi hulle hom om na die sitkamer te gaan en saam huisgodsdiens te hou. maar daarvoor sien hy regtig nie nog kans nie.

Niemand dring daarop aan nie en tannie Alta gaan wys hom sy kamer.

Nadat hy haar weereens bedank het, ook vir die lckkcr kos, maak sy die deur toe en gryp hy sy privaatheid met albei hande aan.

Dis 'n groot kamer met 'n eie badkamer en hy glo nie hierdie mense weet hoe dankbaar hy daarvoor is nie.

Die kleur van die kamer is oorheersend room ook die gordyne. Die kussings het appelkooskleurige slope en pas by die skerm van die bedlampie. Ook die handdoeke op die bed reggesit, is appelkooskleur.

Hy sit sy sak neer en gaan sit eers op die bed om 'n kalmte in homself te vind.

Die bedkassie langs die bed het 'n Bybel op. Hy neem dit en gaan sit dit aan die anderkant neer. Hy lees nie Bybel nie en wil dit ook nie sien nie. In die tronk het baie predikers kom dienste hou, maar hy wou dit nie bywoon nie en hulle het hom uiteindelik uitgelos.

Houtvloere blink orals in die kamer en voor die bed is 'n wollerige grys mat.

Die luukse van 'n vol warm bad laat sy spiere ontspan en wanneer hy sy oë toemaak sak die moegheid oor hom.

In die hoek van die bad het 'n bottel met skuimolie gestaan en hy het so 'n titseltjie in sy bad gegooi.

Tydsaam droog hy hom af met die dik handdoek tot hy sy lyf voel brand.

Wanneer hy tussen die koel beddegoed inkruip verwag hy dat hy dadelik aan die slaap gaan raak, maar dit gebeur nie. Die beeld van die deur wat hy moes oopmaak verskyn voor sy geestesoog.

61

Hy voel weer die gejaagdheid en spanning van die oomblik. Onbewustelik wring hy sy hande om die onbekende beddegoed en hy weet hy sal moet enduit gaan met die onthou.

Vir solank het hy daardie beeld uit sy gedagtes verban. Weggewens, want hy wou dit nie herroep nie. Die pyn wat daarmee gepaard gaan is te fel en te helsend.

Hy voel nou hoe sy hand op die deurknop na regs draai en hy weet net sekondes bly oor.

'n Ander geluid dring egter deur tot sy onderbewuste.

Baie sagter as sy asemhaling, amper onhoorbaar, maar hy wat musiek so goed ken herken die mooie klank van 'n kitaar en iemand wat saggies saamsing.

Op sy bedkassie is 'n wekker staangemaak en die syfers wys reeds na middernag.

Nou luister hy fyn en onderskei 'n pragtige alt vrouestem.

Saggies staan hy op en trek vinnig 'n t-shirt en sy plakkies aan. Hy ken nie die huis nie, maar loop sag na die kombuis. Die stem kom beslis van buite.

Die agterdeur staan oop, maar die sifdeur is toe en ingehaak. Wanneer hy die sifdeur saggies uithaak en weer terughaak, sien hy 'n lig brand in 'n gebou wat lyk soos 'n saal. Die gebou is ook wit. Die kan hy uitmaak in die helder maanlig.

Nou is die stem harder en so vreeslik mooi. Dis 'n bekende kerklied wat gesing word en hy herken dit van radio luister in die tronk. Daar was televisie en radio, maar tye was beperk en ook eers as jy 'n model-gevangene was.

Dan is hy voor die deur van die saal, en wanneer hy huiwerig binnestap besef hy dat hy is waar hy soveel jare terug was.

Tog is dit anders. Minder formeel. Rye banke begroet hom en heel voor is 'n verhoog waar 'n klomp musiek-instrumente staan.

Sy sit op 'n stoel met haar kop gebuig oor die kitaar. Haar hare is los en val oor die kant van haar gesig. Een van die mooiste profiele wat hy nog ooit gesien het begroet hom.

Hy hou sy asem op, te bang dat sy selfs sy hart kan hoor klop.

Dis 'n Engelse lied en die intensiteit waarmee sy die woorde sing is iets wat hy nog nooit gehoor het nie. Haar regterhand streel oor die snare en hy staan verstom tot die laaste klanke wegsterf.

Steeds staan hy en heeltemal meegevoer vergeet hy waar hy is.

Dan wil hy omdraai toe hy bewus raak van die stilte en vinnig uitgaan in die hoop dat sy hom nie gesien het nie.

Haar sterk stem stuit hom in sy spore: "Jy is welkom om te kom sit en luister, Johan."

Hy wil wegkom, maar stap dan tog stadig vorentoe. Sy keel voel droog en skielik voel hy skaam oor die plakkies en kortbroek.

As sy agtergekom het hoe ongemaklik hy is wys sy dit egter nie. Sy wys met 'n gebaar van haar hand dat hy moet kom sit en asof in 'n dwaal onder haar invloed gaan sit hy in die tweede ry van voor. Dit is 'n opvoustoel en glad nie hard soos die kerkbanke wat hy onthou nie.

Gedurende sy getroude lewe was hulle nooit kerk toe nie, behalwe vir 'n begrafnis of 'n troue. Hy onthou egter toe hy as kind altyd saam met sy mahulle gegaan het.

Sy pa onthou hy was 'n diaken en die formele van dit alles herroep hy nou. Sy ma moes altyd sy pa se spierwit hemp en das stryk en hy onthou nog die senuweeagtigheid en noukeurigheid waarmee sy dit gedoen het.

Hulle moes altyd baie vroeg opstaan en dan moes hy ook blink. Sy kinder-suit en hemp en das was ook uit 'n boek en die skoene onthou hy moes blink. Sy pa sou 'n bietjie haarolie aan sy hare smeer en netjies agtertoe gekam het. Hy het soos 'n klein weergawe van sy pa gelyk.

Op 'n Sondag het dit altyd vir hom gevoel of alles tot stilstand gekom het. Wanneer hulle stadig met die pad afgery het tot by die klipkerk wat nie ver van hulle huis af was nie, het dit vir hom gevoel of hulle die enigste mense was wat op die pad was.

Eers wanneer hulle die kerk se erf binnegery het was daar weer lewe. Dan het hy die duiwe in die bome gehoor koer. Hy het die duiwe se geluide gehaat, tot vandag toe. Seker omdat hy gedurig sy pa se duiwehokke moes skrop.

Sy pa sou vinnig agterom die kerk loop om die ander diakens daar te kry, want hulle het bymekaar gesit.

Tot sy skaamte sou sy ma toe hy alreeds amper in die hoërskool was steeds sy hand neem en dan sou hulle in een van die banke inskuif.

Sonder woorde en sonder emosie.

Hy kan tot vandag toe nie een enkele preek onthou van die predikant nie. Wat hy wel onthou is wanneer die diakens met hulle bordjies omgegaan het vir die kollekte.

Sy pa het soms by die ry waar hy en sy ma gesit het die bordjie aangegee en dan doodstil gestaan en daarvoor gewag. Hy kon sy pa se oë sonder liefde op hom voel. Al het hy doodstil gesit was dit sy asof pa wou gehad het dat hy nog stiller moet sit.

Geluidloos is die geld in die bordjies ingesit. Hy het ook, al het hy eerder gewens dat hy dit kon hou. Sakgeld het hy nie gekry nie.

Sy pa het gereeld vir hom vertel dat hy hom baie kos en dat hy hoop dat hy eendag 'n ordentlike werk sal kry. Destyds het dit hom al gepla dat die bordjies oop is en dat almal kon sien hoeveel jy ingooi.

Daar gaan 'n tyd kom wat hy ook baie geld sal maak en dat almal sal weet hoe ryk hy is, het hy homself belowe. Die hele kerkdiens was die geld op die bordjie in sy gedagtes en in sy kop.

Hy wou dit gehad het. Elke sent van die kerk.

'n Geluid op die verhoog trek sy aandag en hy sien dis die vrou wat haar kitaar neersit op die staander. Sy draai terug en kom stadig na hom toe geloop. Dis net enkele treë, maar hy kan dit nie miskyk nie. Sy loop mank, maar hy sien nog iets raak. Haar vasberadenheid.

Die sagtheid van die materiaal van haar rok gly oor sy kaal bene wanneer sy verbyskuif om langs hom te kom sit.

Hy wil sy hand uitsteek om haar te help, maar hy weet hy moenie.

Wanneer sy twee stoele van hom af sit raak hy bewus van haar geur. Dis 'n sagte suurlemoengeur gemeng met seesout en dis 'n aangename geur wat hy nog nooit geruik het nie.

Wanneer hy na haar draai kyk sy nie vir hom nie, maar wel vir die kruis wat hy nou eers sien in een hoek staan. Dit lyk of dit geplant is in 'n hoop klippe, ook iets wat hy nog nooit gesien het nie.

Hy maak sy mond oop om iets te sê, maar doen dit nie. Ook sy praat nie, maar die stilte wat daar tussen hulle is hoort vir die oomblik daar en is nie ongemaklik nie.

Lank sit hulle so en sy is dan die eerste een wat praat.
Haar oë praat baie meer as haar mond en hy sit stom toe hy haar hoor.

"Johan, ek was ook kwaad vir God die dag toe ek hier aangekom het. Baie kwaad. Ek het God gehaat en wou nooit weer iets met hom te doene gehad het nie."

Hy is so bewus van die vrou langs hom. Haar geur en stem dring deur tot hom sonder dat hy dit besef. Wanneer sy praat, is dit asof sy van hom vergeet het. Hy kyk vir haar, maar haar kyk is ver van hom en dit lyk regtig asof sy nie bewus is van sy teenwoordigheid nie.

Daarom verbaas dit hom toe sy hom op sy naam noem. "Johan, vir wie is jy so kwaad?" vra sy sonder enige druk op hom om te antwoord.

Hy vererg hom, nie net vir haar nuuskierigheid nie, maar ook vir sy eie impulsiewe besluit om hiernatoe te kom.

"Soms voordat 'n mens 'n deur kan toemaak is dit nodig om dit cers oop te maak," praat sy.

Hy voel hoe hy koud word. Hoe weet hierdie vrou van sy worsteling tot diep elke nag om die deur van destyds oop te maak?

Sy kan nie weet nie. Hy het tog nie gepraat in die kar nie. Die predikant en sy vrou het geen vrae gevra nie.

Hy besluit om haar nie te antwoord nie, maar leun dan effe vooroor sodat sy vir hom moet kyk.

Wanneer sy dan tog effe na hom draai kyk hy vas in haar groot groen oë met die baie spikkels in. Sy het breë wenkbroue en dit saam met haar vol lippe wat natuurlik lyk of sy lipglans op het, gee haar gesig karakter.

Praat voel skielik oorbodig by hulle.

Wanneer sy skielik opstaan maak sy nie verskoning nie, maar skuifel uit en beweeg na die deur sonder om weer na hom te kyk. Die mankheid in haar stap is nou meer sigbaar en ook die manier hoe sy haar bo-been aanmekaar vryf

Het sy pyn? wonder hy en sy mond gaan oop om haar te vra, maar hy doen dit nie en toe hy weer kyk is sy weg.

Hy bly sit en kyk weer na die musiekinstrumente op die verhoog. Dis asof elke instrument na hom kyk en vra om gespeel te word.

Hy is lief vir musiek en het selfs gespeel in 'n band, maar meer net getokkel op 'n kitaar. Die party na die tyd was eintlik waaroor alles gegaan het. Hy onthou hoe hy dit geniet het, maar sy ouers was nooit by een van die optredes nie.

"Tydmors," sou sy pa kommentaar lewer.

"Loutere tydmors."

Hy het ook dit gelos en was nie gemotiveer om aan te gaan nie. In elk geval was hy so besig dat hy nog nooit eers ernstig daaraan gedink het om weer aan te gaan nie.

Asof bedwelm beweeg hy stadig vorentoe en klim die een breë trap na bo.

Die matte wat dwarsdeur die gebou gelê is is dik en donkergrys. 'n Sindelike kleur, besluit hy, veral as hier baie mense elke Sondag kom.

Wanneer hy agter die dromme gaan sit raak hy bewus van 'n bekende gevoel van troos. Hy is weer net agtien jaar oud en hy kan nog die twee kitare links van hom hoor. Sy vriende. Goeie spelers, veral Willie met die baskitaar.

Soort van ontvlugting toe baie lag en speel en wegkruip van die duiwe en die tuin en die toe al se tronk.

Wanneer hy agter die dromme op die lae stoeltjie gaan sit, soek sy regterhand outomaties die dromstokkies.

Net liggies tik ... liggies, en dan die ritme.

Saggies dat niemand kan hoor nie speel hy een van sy gunstelinge – 'n rock liedjie. Sonder dat hy wil vorm sy lippe die woorde: "I see a bad moon rising. I see troubles on their way."

Harder en harder slaan hy tesame met sy voet wat ritme hou. Die samespel is skielik invallend en ongemerk, maar hoorbaar daar.

Met sy oë toe en 'n wegbreek in sy hart lewe hy vir die nou en die woorde in die lied en hy word een.

Iemand begelei saam met hom, maar sing nie saam nie.

Hy wil homself oorgee aan hierdie mag en aan hierdie bad moon wat sy hele lewe lank gerise het oor sy lewe.

Die dromme word mense en die stokkies wapens. Sý wapens. In die gehoor is sy pa en die vrou en sy eens beste vriend.

Niks mag oorbly nie.

Sy gewrigte pyn en elke spier in sy lyf is gebult tot die uiterste toe. Hy voel nie die klamheid van die sweetdruppels op sy voorkop nie.

Iewers het ook hy opgehou sing en daar kom nou slegs 'n preweling oor sy lippe.

"I ... see ... a ... bad ... moon ... rising."

Hy kan nie meer nie en dan skielik sonder waarskuwing is dit daar. 'n Hand wat rus op sy skouer. Dit laat hom stop, onwillig maar tog.

Sy het nog haar kitaar oor haar skouer en sonder 'n woord beweeg sy stadig om dit terug op die staander te sit.

Eenmaal kyk sy terug en dan wink sy hom liggies met haar skouer om haar te volg.

Hy loop soos 'n gewillige slaaf agter haar aan en dit irriteer hom, want dit voel weer of hy in die tronk is.

Sy draai weg van die huis af en die dag begin te breek, sien hy.

Die son kom op oor die water en steeds loop sy al met die paadjie langs. Die feit dat sy mank is breek haar spoed en uit ordentlikheid loop hy baie stadig agter haar aan. Sy moes vinnig gestort het, want haar hare hang los oor haar skouers tot teenaan haar rug af, maar nog klam. Die wind waai liggies en dit sit nog meer krul in haar dik bos hare.

Sy het weer 'n langerige slooprok aan waarvan hy nie die spesifieke kleur kan uitmaak nie. Mosterdgeel as hy dit moes 'n naam gee.

Wanneer hulle op die sand kom gaan sy staan. Vir 'n lang tyd staar sy net na die see wat nou blinkglad vertoon en stadig bekruip word deur die son. Asof die son beheer wil neem en die kleur van die water verander soos hy dit wil hê.

Steeds praat sy nie, maar beduie dat hulle moet sit. Hyself gaan kruisbeen sit op die sand, maar sy op haar knieë en dan skuins op haar regterbeen.

Hy is de moer in vir haar. Wie is se? Sy pla hom. Die hele donnerse spul pla hom met hulle beheptheid met hom. Hy wil sy goed vat en in die Kaap kom. Die hel nou met als. Jare het hy gewag vir sy vryheid. Gewag om te gaan wraak neem en die wat eintlik moet boet, te laat boet.

Hy bal weer sy vuiste en woede neem van hom besit. Met sy een hand druk hy op die sand om op te staan. Die strand is nou doodstil behalwe die seevoëls wat reeds begin kos soek. Orals pik hulle en gaan al hoe nader na die water toe.

Dis net hulle op die strand. Hy is dit nie gewoond nie. Op Blouberg was die strand gewoonlik al vroeg vol lewe en selfs al was dit nie vakansie-tyd nie was die drawers op volle spoed langs die strand. Oumense het met hulle honde gaan stap. Ryk mense, dit kon jy sien nie net aan die mense nie, maar ook aan hulle honde. Weeklikse salonbehandeling en afrigting by hondeskole het aan hulle gekleef.

Luzaan wou nooit 'n troeteldier gehad het nie. "Nee, ek soek nie 'n brak al om my nie en wat van my meubels? Dis net om te kom mors." Dit was nadat hy 'n troeteldier voorgestel het na vele gesprekke en later rusies oor 'n gesin.

Sy het eers aan die begin vir hom gesê elke keer wanneer hy oor 'n gesin praat, dat hulle nog 'n jaar moet wag. Later het sy haar elke keer vervies wanneer hy oor 'n gesin gepraat het en nog later het sy brutaal vir hom geskree: "Hoor jy nie as ek praat nie, Johan, ek wil nie 'n kind hê nie, nooit nie! Wat dink jy hoe gaan ek lyk na die tyd? Ons sal elke keer 'n oppasser moet kry wanneer ons met vakansie gaan."

Hy wou vir haar sê dat hy daarop aandring en of sy dan geen moederlike instink het nie. Die woorde het hy gesluk, want teen daardie tyd het hy geweet dit sal nie meer help nie.

Dan praat sy weer en hy verbeel hom amper dat hy ook nie meer die voëls se gekrys hoor nie. Hy het heeltemal vergeet van die vrou wat langs hom sit, besef hy.

"Jy gaan vandag baie geniet, ons gaan almal vandag Jacobsbaai toe."

Hy kry nie kans om haar te antwoord nie, want van iewers het 'n opgewondenheid en 'n lewenslustigheid van haar besit geneem.

"Ek sal nie kan nie." Hierdie keer is daar beslistheid en vasberadenheid in sy stem.

71

Dit lyk egter nie of sy hom gehoor het nie, want sy praat sonder ophou. "Die see daar lyk nes skuimende koffie. Alles lewe en daar gee die see meer as wat hy neem. Kom ons maak vinnig, ek is seker tannie Alta het al begin met ontbyt en ons moet vroeg gaan dan kan ons lank daar wees."

Hy sien haar effe op haar onderlip byt en hy weet instinktief dit is van pyn. Wanneer hy sy hand uitsteek na haar toe neem sy dit nie, maar staan doelgerig op en leun en druk dan net op haar linkerbeen.

Hierdie keer loop hulle nog stadiger en dis nog vroeg, maar hy kry reeds warm.

Die agterdeur staan oop en die geur wat van die kombuis af kom laat hom bewus word van die kol op sy maag. Die oom staan by die venster en uitkyk met 'n beker in sy hand. Moet varsgemaakte koffie wees.

Onwillekeurig dink hy aan die flou en smaaklose koffie in die tronk. Dit laat hom vasberade besluit om net na ontbyt, wat hy seker nie kan weier nie, te vertrek.

"Môre, kinders, kom sit aan. Julle is seker dood van die honger."

Die vrolike stem van die tannie ontstig hom. Hemel, is hierdie mense gedurig gelukkig of wat is dit wat hulle so vrolik maak?

Hy voel ongemaklik wanneer hulle hande vat om te bid. Jana se hand voel warm in syne, maar beslis nie 'n effentjies-vrouehandjie nie. Sy ken van hard werk. Die kan hy voel.

Nadat hulle geëet wil hy homself verskoon om gou sy sak te gaan kry en dan moet hy dadelik gaan. Dalk sal hy gou kan gaan stort.

Hy besef skielik hy sit nog in sy kortbroek en T-hemp. Daar is 'n branderigheid agter sy ooglede en dis van te min slaap, die weet hy. 'n Koue stort is net wat hy nodig het om hom aan die gang te kry.

"Mense, ek weet regtig nie hoe om vir julle dankie te sê nie maar ek sal moet ..."

Hy word onderbreek deur 'n skril vrouestem: "Môre, môre, en hoe gaan dit hier met almal?"

'n Langerige baie maer vrou staan in die kombuisdeur. Nog iemand staan by haar. 'n Ouerige tannie. Die lang vrou is netjies aangetrek, al is haar klere outyds. 'n Swart langbroek met 'n grys oopknoopbloes. Bo-oor het sy 'n tipe oorjakkie aan met twee sakke aan weerskante. In die een steek 'n kam en 'n skêr uit waarmee jy hare sny.

Voor oom Ben dit dan sê, weet hy sy is 'n haarkapster

Nog iets waarvan Luzaan nie genoeg kon kry nie. Sy het in die laaste tyd haar eie persoonlike stilis gehad wie na haar huis toe gekom het. Elke week en elke maand het haar hare anders gelyk.

Sy blik gaan na Jana. Ongekunsteld lê haar hare oor haar skouers. Bruin met 'n effense ligte strepie hier en daar. As hy so na haar gesonde hare kyk glo hy nie sy het al ooit daaraan laat kleur nie. Vandag hang dit net los en mooi. Dik hare met 'n natuurlike krul in dit. So anders as Luzaan.

73

Oom Ben stel hom voor. Langvrou se naam is Charmaine en sy het 'n haarsalon in haar huis. Ouvroutjie word sommer voorgestel as oumatjie.

"Pastoor, kan Oumatjie bietjie kuier, net so vir 'n halfuurtjie dan sal ek haar huis toe vat? Sy het vanoggend weer weggeloop. Wraggies onder deur die draad gekruip. Ek moes eers haar arms ontsmet en pleisters opsit."

Hy sien nou die dun armpies met die groot pleisters op. Sy het 'n lang swart romp met 'n lelike groen bloesie bo-oor. 'n Gehekelde mus met allerhande kleure maak die meeste grys hare toe.

Die lang haarkapster bring uit die groot sak wat oor haar skouer hang 'n tjalie te voorskyn en hang dit oor die ouvrou se skouers. Die ou vroutjie kyk nie op nie, maar tannie Alta neem haar saggies aan haar arm en lei haar na 'n stoel.

"Wil Ouma 'n ietsie eet en bietjie tee drink?" vra sy simpatiek.

Die ouvroutjie gaan sit, maar praat skielik kwaad: "Hulle sê ek skinder maar ek skinder nie."

"Ons weet, Ouma, kom ons gaan kry eers die teetjies," sê tannie Alta simpatiek.

"Charmaine, hoe laat kom jou eerste kliënt? Het jy nie net 'n paar minute om gou vir Johan jou storie van jou oë te vertel nie?" vra oom Ben.

Die lang vrou by die deur lyk haastig, maar gaan sit darem. "Dis darem nie so 'n lang storie nie, ek het nog so 'n halfuurtjie."

Sy sit haar een been oor die ander en val sommer dadelik weg: "Nou toe, laat ek vir jou vertel hoe die Here my met blindgeit geslat het en dan van oumatjie ook," sê sy terwyl sy hom reguit in die oë kyk. "Jy sal sommer anderster oor die lewe dink as ek jou gevertel het," voeg sy by.

Haar woorde laat hom ongemaklik voel, maar hy bly vir haar kyk. Darem iets wat hy behou het om iemand reguit in die oë te kan kyk.

"Ons sal Oumatjie gaan aflaai wanneer ons Jacobsbaai toe ry, moenie bekommerd wees nie," sê tannie Alta.

"Oe! Jacobsbaai waar jy van die see kan drink soos 'n cappuccino. Die meneer gaan mos nooit in der lewe weer 'n dors kry nie. Jy gaan anderster daarvandaan kom, kind, beter anderster."

Nou vererg hy hom wragtig en antwoord vir die eerste keer. "Ek is gelukkig nie siek nie, Mevrou."

"My kind, daar word jy gesond al is jy nie eers siek nie. Die Here se medisyne en sy apteek is in daai water."

Eintlik moet ek hard sluk om nie te skree nie: Ag hemel tog, is dit alweer van die Here!

Hy vat aan die muntstuk in sy sak. Vandag hoef hy dit nie op te skiet nie. Hy waai sommer nou.

Die vrou begin praat en terwyl sy praat kyk sy hom reguit in die oë. Haar groot blou oë lyk of dit groter word asof sy die waarheid daarmee wil beklemtoon. Hy kan voel hoe hy kalmeer en sy asemhaling beheer soos hy geoefen het.

"Destyds, my kind, het ek hier aangekom in my kar met omtrent net my kam en skêr by my. Sien, ek kom van Pretoria en het daar ook my eie salon gehuur, maar ek moes vlug vir 'n man wat my so geslaan het dat as ek gebly het, ek seker nie meer vandag sou gelewe het nie.

"Nou toe ek hier aankom het hierdie oom Ben en tannie Alta my ingeneem. Die Here was goed en ek het ook my dinge met hom reggemaak. So later kon ek 'n blyplekkie van my eie kry, en nog later toe help die hotel my met spasie vir 'n salon.

"Een van my kliënte nog daar in Pretoria het ek eendag hier raakgeloop en sy is 'n baie goeie advokaat wat ook gereeld hier sake kom doen, of sommer net kom vakansie hou. Ek ken nie haar persoonlike besigheid nie, want sy praat maar altyd net die nodige. En dis nou in die tyd wat my oë begin lol. So erg dat ek naderhand nie meer eers die fyn haartjies in die mense se nekke kon sien nie.

"Nou ja, ek is toe oogspesialis toe. Sonder 'n medies, want die het ek nie een nie. Ek moes lank wag vir 'n afspraak. Die spesialis sien toe dat daar fout is met my oë se retinas. Ek sou moes vir 'n oogoperasie gaan en daarby moet ek eers op 'n waglys kom, vir die gouste drie maande. Nou hoe nou gemaak? As ek nie kan sien nie, kan ek mos nie my werk doen nie en ek het die geld nodig.

"Eenkeer 'n maand het die symste advokaat-kliënt van Pretoria haar hare kom doen by my. Ek het my knieë deurgebid en op 'n dag toe kom sy vir haar hare. Sy het nooit baie gepraat nie, maar altyd geluister en ek vertel haar toe van my oë. Die hele tyd het sy geluister, maar geen opmerking gemaak of raad gegee nie. Nadat ek klaar was met haar hare het sy met 'n knik van haar kop soos altyd betaal en geloop. Ek het geweet ek sal haar seker eers weer oor twee maande of so sien."

Hy wens die vrou wil nou klaar kry met die storie, want hy is haastig en wil op die pad kom, maar sy kruis eers weer haar bene en lek 'n slag oor haar lippe voor sy aangaan met die storie.

"Die volgende dag toe bel 'n oogspesialis my en sê dat hy my graag wil sien en dat hy my oogoperasie sal doen. Ek probeer nog verduidelik dat ek nie die fondse het nie en ook nie 'n medies nie, toe hy my meedeel dat daar 'n persoon is wat alles sal vereffen. Lang storie kort, toe ek haar bel het sy net een voorwaarde gehad, en dit is dat ek vir niemand moet sê wie my gehelp het nie."

Met die staan sy op en hou haar kop effens vorentoe terwyl sy haar oogwimpers vinnig knip. Sy draai in die rondte en lag hardop. "Sy is my engel my oog-engel. Wanneer sy steeds haar hare kom kleur en sny en ek haar nog wil bedank sê sy net: "Sny, Charmain, sny."

"Hoeveel keer het ek genoem dat sy nie vir haar hare hoef te betaal nie, maar sy los net die geld op die toonbank en weg is sy. Nou ja, laat ek wikkel, nou weet jy, my kind, 'n engel het nie altyd net 'n wit gewaad met wit vlerke nie. Die meeste mense dien ook as ons engele."

Vir 'n rukkie nadat die hare-vrou al geloop het is daar nog 'n stilte in die kombuis. So asof almal net nog bietjie wil herkou aan die storietjie. Nie hy of Jana sê iets nie, maar hulle kyk in mekaar se oë. Dit doen iets aan hom, asof sy tot binne in sy donker verlede en sommer ook hede kyk.

Skuldig draai hy om en maak of hy na buite kyk by die kombuisvenster uit. Wanneer hy terugdraai sien hy dat die ouvroutjie kop onderstebo sit met haar mond wat effe kwyl. Dadelik is Jana by en maak haar saggies wakker terwyl sy 'n tissue op haar mond druk-druk.

"Wil oumatjie bietjie daar in die sonkamer gaan lê? Johan, kom help my dan vat ons haar. Siestog, sy is seker moeg."

Alles in hom druis teen dit in, maar Jana staan gebukkend en wag vir hom. Hy loop na die anderkant van die tafel en sit sy hand om die ouvrou se arm. Die wolligheid van haar dun truitjie kan hy onder sy vingers voel. Hy steek sy arm dieper onder haar arm in en wanneer hy afkyk sien hy die waterige blou oë wat na hom toe opkyk.

Dan sien hy dit. Die hoop waarmee sy na hom toe opkyk. Verwagting dat hy haar sal help.

"Siestog, sy is baie moeg," sê tannie Alta.

Wanneer hulle haar na dit gevoel het soos 'n ewigheid in een van die kamers op die bed laat lê het, vou Jana die duvet oor haar. Hy laat Jana vooruit loop en vertoef 'n rukkie.

'n Verskriklike hartseer stoot op in sy keel. Sy ma se beeld kom in sy gedagtes. Hy onthou ook die hulpelose kyk in haar oë wanneer sy pa hom geboelie het. Hoe sy altyd sy skoene so blink gepolitoer het en gesorg het dat alles netjies is voordat haar man by die huis kom.

Tydens haar siekte het hy haar nooit besoek nie en verwyt sit vlak in sy bors, so erg dat hy vir 'n oomblik moet vashou aan die kosyn. Duiseligheid oorweldig hom amper en hy moet homself dwing om na die kombuis te loop.

Net nog eenkeer kyk hy om na die bondeltjie op die bed en hy wonder of wie ook al in die hospitaal mooi gekyk het na sy ma, en of iemand by haar was in haar laaste tye.

Dalk het sy ook in haar sterwensuur gekyk of hy dalk kom.

Haar enigste seun. Die seun wat sy nooit toegelaat is om lief te hê soos sy wou nie. Wanneer hy geval het of gehuil het sou sy pa raas wanneer sy wou troos omdat sy kwansuis van hom 'n sissie maak.

In die kombuis heers 'n gemoedelike atmosfeer en dit lyk nie of iemand hom gaan vra hoekom hy so lank geneem het nie. Almal sit egter reeds aan die tafel.

Hy mompel 'n ekskuus dat hulle moes wag en gaan sit. Voor hy verder kan wonder gee die oom vir hom die bak met eiers en wors aan.

"Skep, my kind, kry genoeg. Moenie skaam wees nie."

Wanneer hulle amper klaar geëet het praat Jana opgewonde: "Ons kan vroeg vanmiddag nadat ons vir Oumatjie afgelaai het, ry na een van die mooiste plekke wat jy nog gesien het, Johan."

Hy daarenteen voel dis nou of nooit. "Mense, ek weet nie hoe om julle te bedank vir al die gasvryheid nie. Die kos en al die bederf, ek waardeer dit ontsettend baie. Ek sal egter nog vandag moet vertrek as ek dalk net gou mag stort."

Terwyl hy praat speel hy met die muntstuk in sy broeksak. Tussen duim en voorvinger draai hy die muntstuk om en om.

"Sit eers, Johan, laat oom Ben jou die hele storie van Oumatjie vertel."

Hy verbeel hom dat dit 'n bevel van Jana af is.

"Die storie van Oumatjie. Ah!" roep tannie Alta.

Hy besluit dat hy wragtig nog net na één storie gaan luister en dan is dit nou die einde. Daar is so baie om te doen. Iewers moet hy nog sy vuurwapen uit sy kluis gaan haal of ten minste een van die vuurwapens. Hy gaan die bliksem skiet, maar dit sal lyk soos selfmoord – dit was nog heeltyd sy plan.

Oom Ben maak amper of hy hom nie gehoor het nie en begin uit die vuis uit praat. "Oumatjie het nooit kinders gehad nie en sy was ook nooit getroud nie. Sy het hier op Velddrif grootgeword en by die visfabriek gewerk. Tot onlangs het sy haar eie huisie gehad en was sy betrokke by liefdadigheidswerk.

"So het Tshepo ook op haar haar pad gekom en sy het hom ingeneem, maar hy was gestrem en in 'n rystoel. Oraloor het sy hom gestoot in die rystoel. Sy het hom soos haar eie kind versorg, maar op 'n dag het sy geval en haar heup gebreek. Kort daarna het die Dementia gevolg tot die welsyn gekom het om vir Tshepo te kom haal. Dis nou al 'n hele paar jaar later, maar sy leef asof sy nog steeds vir Tshepo by haar het. Vandaar die weglopery, al hou hulle haar dop, maar as sy 'n gap kry dan is sy uit en eindig gewoonlik hier by Charmaine.

"Daar sal sy dan kwaad vertel hoe die mense sê dat sy skinder en dat sy net gister vir Tshepo gesien het en dat dit so goed met hom gaan in die skool."

"Arme ou mens," mompel tant Alta.

Verder eet hulle in stilte en die ou vroutjie se stukkie wors word eenkant gebêre. "Wanneer sy wakker word kan ek gou vir haar 'n eiertjie bak en dan kan ons haar gaan aflaai by die sentrum.

"Dit laat my nou dink ... Voor ons Jakobsbaai toe gaan, kan ons nie net die kar laat was nie?" vra tannie Alta en asof sy gedagtes kan lees praat sy verder: "Ek kan sien dat jy haastig is, Johan, ek en die oom het besluit om jou môreoggend sommer self Kaap toe te neem. Jy gaan nie weer langs die pad staan nie. Ons sal ons die hele tyd oor jou bekommer."

Sy wag nie op sy antwoord nie en draai na oom Ben toe. "My liefling, ons beter gou die kar laat was, dit lyk of die wolke opsteek."

Na net 'n oomblik se huiwering sê hy. "Toemaar, Oom, ek sal die kar neem om te laat was. As oom hulle my sal vertrou, en dis reg, ek sal later saam met julle Jakobsbaai toe ry."

Sy stem klink vir homself sommer vroliker. 'n Plan is reeds besig om in sy agterkop vorm aan te neem. Wragtig, hy sal die kar vir hulle terugbring wanneer alles verby is. Hy moet net eers in die Kaap kom. Hemel, hy wag vir jare en dan kom sit hy hier tussen al hierdie gelukkige mense sy tyd en mors waar dit lyk of net die een na die ander wonderlike ding is wat gebeur.

Dis nou of nooit. Die tyd is reg, die bliksem moet vrek.

Hy het haar nie uit die kombuis sien gaan nie en dis eers toe sy terugkom dat hy besef dat sy vinnig gemaak het.

Haar hare nou in een dik vlegsel waarvan die lengte oor haar een skouer krul. Niks aan haar is formeel nie en vir 'n vlietende oomblik wonder hy wat sy sou aangetrek het, sou hy haar kon nooi na een van sy formele sake-etes wat hy destyds bygewoon het.

Hy besef nie dat hy haar op en af beskou nie. 'n Slooprok wat amper lyk asof sy twee rokke oormekaar aanhet. Helder geel met vaalgroen bo-oor. Drie stringe houtkrale om haar nek en om haar arm 'n klomp gekleurde toutjies waarvan hy nie al die kleure so vinnig kan tel nie. Aan haar voete, bloedrooi leerskoene wat vasgemaak word met veters.

Sy is mooi, maar nie popmooi nie, eerder veldmooi.

Wanneer sy haar leersak oor haar skouer swaai besef hy eers wat besig is om te gebeur. Tog word die kar se sleutels vir hom gegee. "Ek gaan sommer saam, Oom, dat ek vir Johan kan wys waar die karwas is en dan kan ons dalk gaan ysies koop daar by Dwarskersbos."

"Bring sommer vir ons 'n stukkie vis." En dan voeg die oom laggend by: "Ek sal sommer self vir Oumatjie gaan aflaai wanneer julle terug is. Bokkoms, bring vir ons bokkoms."

Hy hoor egter skaars wat die oom sê. Sy gedagtes in 'n warboel wanneer hy probeer dink aan 'n plan. Om alles nog erger te maak, steek hulle almal hulle hande na mekaar toe uit en syne word ook geneem.

Die oom en tannie se koppe reeds gebuig, maar nie voordat die oom sy hoed afgehaal het nie. Wanneer hy begin bid, is dit met erns en dis asof sy stem na hom toe dreun uit 'n grot. So asof hy die eggo daarvan kan hoor.

"Onse liewe Vader, ons wil vir U baie dankie sê dat ons U goedheid en guns daagliks kan beleef. Dankie vir die samesyn en vir ons vriend Johan wat hier saam met ons kuier. Here, laat Hy U ook leer ken as Vader en Vriend. Here, en wanneer hy en Janatjie nou ry, beskerm hulle en bring hulle veilig terug. Amen."

Hulle oë ontmoet wanneer sy hare oopmaak. Syne was heeltyd oop en hy kyk skuldig weg. Hy kan voel hoe hy warm word in sy nek. Hemel, dis asof sy tot weet wat hy dink.

Wanneer hulle buite kom het die wind sterk opgesteek en hy is bly, want dit verlig die sweet wat nou op sy voorkop uitslaan.

Skuldgevoelens bring 'n effe sooibrand op die krop van sy maag wanneer hy die deure oopmaak met die afstandbeheerder. Hy skud sy kop effe en loop om om die deur vir Jana oop te maak.

Sy klim stadig in en hy sien haar op haar onderlip byt wanneer sy die mank been intel. Dit moet pynlik wees, maar sy wys dit nie en glimlag skielik op na hom.

Agter die stuur vermy hy haar blik en wanneer hulle eers op die pad is, konsentreer hy net op die pad.

Hoofstuk

9

Hoeveel jaar laas het hy bestuur, maar hy voel nog steeds in volle beheer van die kar.

Dan gaan sy gedagtes terug aan sy geliefde Porche.

By hom was dit altyd belangrik om die beste en vinnigste voertuig te hê. Vier motorhuise vol van die blinkste. Sommige ongebruik, maar daar.

'n Ander situasie doem skielik op. Hy wat die deur oopmaak vir sy vrou. Haar songebrande volmaakte lyf wat afsteek teen die wit aandrok. Silwer hoëhak sandale met haar goedversorgde rooi toonnaels wat uitsteek asof hulle jou koggel. 'n Hand wat teen die deurdruk, slanke vingers met dieselfde kleur naels, maar dis die juwele wat hy onthou. In amper elke vinger 'n diamant-rots. Egte silwer armbande.

Dan vervaag die beeld en net haar mond bly oor. Rooi glansende lippe, maar sonder enige teken van 'n glimlag. Baklei ... die mond baklei met hom. Net voordat hulle na die kar geloop het. "Johan, ek het jou gesê jy moet onthou. Hoe moet ek nou ons gasvrou in die oë kyk as ons met leë hande daar aankom? Jy weet hulle kom nooit sonder iets by ons aan nie. Hulle bring altyd vir ons geskenke van oorsee af. Weet jy, jy maak my so keelvol, so gatvol om jou soos 'n kleuter alles te laat onthou!"

Sy het op hom geskree en hy kan haar rooi mond so duidelik sien. Die oop mond en die gal wat daar uitloop.

Vloeke en gal oor hy alweer misluk het.

Soms het hy gewonder of sy nog enigiets vir hom voel, maar wanneer sy hom vra vir 'n bederf oorsee toe dan was sy anders. Dan het sy in die aande by die trappe afgestap gekom met 'n deurskynende nagtoppie. Haar borste bedek, maar haar vroulikheid gladgeskeer, oop, met 'n panty wat dit heeltemal vir hom wys. Sy sou oop bene voor hom gaan sit op die mat en stadig met haarself begin speel.

Binne minute was hy hard en haar gewillige slaaf. Wanneer hy haar begin betas het sou sy haar groot borste oopmaak wat sy laat vergroot het. Sy was mal oor seks en het hom gelok met alle posisies.

Wanneer hy hygend langs haar lê sou sy begin neul.

"Kan ons 'n bietjie Maldives toe of Zanzibar of waar ook al heengaan?"

Op daardie oomblik sou hy enigiets vir haar doen. Tye wanneer hy nie kon gaan nie het Weyers altyd ingestem om te gaan. Nooit het hy eers daaraan gedink dat hy sy vrou in 'n ander man se arms verniet gee nie.

"Luzaan is mos my sussie en ek wil haar gaan bederf."

"Weyers is mos my boetie en ek moet iemand saamneem om my veilig te laat voel."

Hy was gerus en het aangegaan om tot laat snags te werk. Maar altyd wanneer sy met hom baklei het sou sy hom vergelyk met Weyers. Selfs dit het hy gelate aanvaar, want hy was mos die skuldige een. Hy het haar gefaal.

Die gesprek oor Weyers het daardie aand so gelui:

"Weyers gaan ook daar wees ek moes hom gevra het. Ten minste kan ek hom vertrou."

Sulke tye het hy nooit veel gesê nie en later sou hy net die mond sien wat oop en toe gaan. Hy het doof geword vir al die bliksems en die malheid en die klanke van die oop rooi mond.

Eenkeer, net een keer, het dit by hom opgekom om haar bek toe te klap, maar hy kon dit regkry om nooit sy hand vir haar te lig nie.

Nie eers die oggend toe hulle hom kom haal het nie.

Daardie aand het hulle geskenkloos by die mense opgedaag. Hy onthou vaagweg dat dit skatryk Grieke was en die rede van die besoek was maar besigheid en spog met geld.

Hulle geld.

Hoeveel beleggings hulle oorsee gehad het en die gesprek het maar gegaan oor die nuttigheid om in die buiteland te belê.

Self kan hy nie veel van die aand onthou nie. Net dat hy smoordronk geraak het. Só dronk, dat hy op 'n stadium die vet en blink Griek se vrou gegryp het en met haar gedans het. Miskien het sy daarvan gehou, want sy het gegiggel toe hy dronk teen haar aanleun en in haar nek blaas.

'n Oorgewig vrou wat laggend saam met hom draai en swaai en giggel wanneer hy met sy swaar kop op haar skouer lê.

Iewers het die musiek diepnag opgehou en onvas op sy bene het hy teen sy glas met 'n mes wat op die tafel gelê het getik: "'n Toast, ek wil 'n toast instel op hierdie gawe mense wat ons genooi het vanaand. Julle weet ek en my vrou het op pad hierheen 'n moersje fight gehad. Sy het gefight en ek is getroud," het hy vir sy eie grappie met weemoed gelag.

"Johan, wag. Kom, ek dink ons moet ry," het sy gesê terwyl sy hom ferm aan sy arm gevat het.

"Wag, my sjkat, laat ek hulle vertel." Hy het haar arm losgemaak en gevoel hoe een van haar ringe gemaak in sy vel insny.

Weyers het opgestaan, maar weer gaan sit toe sy langs hom gaan sit. Hy was dronk, maar hy onthou nou hoe hy gesien het hoe Weyers saggies oor haar arm streel. Hy was dronk maar dit was sý vrou.

Hoe dom was hy nie toe nie, hy het hom met sy alles vertrou.

Steeds het hy aanhou praat en bly vertel: "Julle weet sy het my uitgekak oor ek nie vir julle 'n geskenk gebring het nie."

Verstommend het hulle hom aangekyk terwyl die Griek se vrou kort-kort hard gelag het vir sy dompraat al het sy lankal nie meer geweet waaroor dit gaan nie.

"Maar ek gee elke dag geskenke vir haar. Sulke duur geskenke," het hy met groot gerekte oë beduie met wydoop-arms. "En weet julle wat? Party van die goed wil sy nie eers hê nie."

Weyers het van iewers af opgestaan en hom aan die arm geneem. Hy het losgeruk en een van die borde op die tafel gegryp en stukkend gegooi teen die vloer.

"Is dit nie julle geskenk dat die gaste borde stukkend donner na die tyd nie?"

Hy kan nie onthou of dit Weyers of die Griek was nie, maar iemand het hom huis toe gevat. Deur die nag het hy wakker geword en stemme gehoor. Eintlik snikke gemeng met 'n man se vertroostende woorde. Hy het gestrompel, nog effe gesuip, en aan die reling vasgehou op die boonste verdieping. Die gat waarin hy afgekyk het was met sagte lig belaai.

'n Grys mat het op die vloer gelê. Die ander meubels was amper dieselfde grys. Dan die klimaks. Rooi kussings op die bank. Twee groot ornament katte wat hulle nog in China gekoop het. Teen die mure was afdrukke van rooi en wit blertse. Geraam en treffend.

Alles was klinies skoon.

Die res van die toneel het die gewone versteur. Twee glase half met wyn en die bottel amper leeg. Hy het die wyn herken. Een van sy beste wyne van sy versameling.

Die vrou het op die vloer gesit. Haar fyn delikate skoene uitgeskop. Met haar kop op die man se skoot het sy saggies gesnik.

Hy daarenteen het haar skouer saggies gestreel waar haar rok se bandjie afgegly het. Aanmekaar het die man getroos en hier en daar kon hy uitmaak wat hy sê: "Dit was nie jou skuld nie. Jy is 'n wonderlike vrou vir hom."

"Ja, maar die vernedering," het sy geantwoord. Ek sal hulle nooit weer in die oë kan kyk nie."

Hy kan steeds nie onthou of hulle hom gesien het en of hy eers begin skree het daar van bo af nie. Die volgende oomblik was hulle egter uitmekaar en het staande na hom opgekyk.

Weyers het stadig opgeklim met die trappe. "Kom, my boeta, gaan slaap jou roes af," het hy simpatiek gesê terwyl hy hom aan sy arm gevat het.

Sy het net weer gaan sit op die stoel en 'n dun vroulike sigaret aangesteek.

Weyers het hom op sy bed laat lê en hy het nog deurmekaar gemompel. Hy het tot laat die volgende oggend geslaap en toe hy wakker word was sy daar met 'n beker stomende swart koffie.

Oor en oor het hy haar verskoning gevra. Dieselfde dag het hy vir haar 'n luukse vakansie in Italie geboek. Dié keer het hy saamgegaan, en maar net oor en oor sy kaart uitgehaal. Sy wou hê en hy wou gee. Vir hierdie beeldskone vrou wat hy enigiets sou doen.

"Fok! Fok! Fok!"

"Jy moet hier links draai," hoor hy haar stem.

Hemel, het hy hardop gevloek, wonder hy weer. Hy moenie dat sy gedagtes so met hom mors nie. Fokus hy moet fokus. As sy dit gehoor het sal hy nie weet nie, want sy beduie net waar die ingang na die karwas is.

Wanneer hulle by die houttafeltjie sit en wag dat die kar klaar gewas word, staan sy skielik op en loop oor die straat sonder 'n woord. Daar is 'n Wimpy oorkant die straat en sy kom met twee koffies terug.

Vandag lyk dit of sy swaarder loop as ander dae en hy staan op en loop haar tegemoet.

Wanneer hy die koffie by haar vat raak hulle vingers aanmekaar. Hy voel vir 'n oomblik die sagtheid. Hy let tog op dat haar naels kort en goedversorg is, maar sonder naellak. Dis vir hom mooi en weer dink hy aan Luzaan se lang naels wat amper elke dag 'n ander kleur was.

Terwyl hy die warm soetigheid proe kyk hy na haar. Hoe teenstrydig anders is sy as Luzaan. Haar hare wat in 'n vlegsel is het effe losgekom en aan die kante krul dit tot in haar nek. Die wind waai en dit laat nog meer van die vlegsel loskom. Tog lyk dit nie of dit haar enigsins pla nie en haar oë is op die skuim wat nou oor die hele kar gespuit word.

Wanneer sy skielik praat hoor hy die opgewondenheid in haar stem. "Nes die kar nou geskrop word moet ons ook deur dit gaan. Vir my was dit 'n hele proses van amper drie jaar en steeds moet ek soms nog gaan vir 'n nuutwordende was."

Hy kyk haar onbegrypend aan en hy weet sy kan sien dat hy nie 'n benul het waarvan sy praat nie. Sy begin verduidelik en hy probeer sin maak omdat hy bloot ordentlik wil wees.

"Johan, soos hierdie kar nou deeglik skoongemaak word, so het ons almal op 'n dag 'n skoonmaak nodig."

"Waarvan en met wat?" vra hy meer geïrriteerd as dom.

"Met Jesus se bloed, en anders as hier, is dit verniet."

Daarna bly sy stil en sit ingedagte met die sak wat sy by haar dra se gespe en speel.

Hy kan nie help om te wonder nie. Hoekom het sy nie 'n man nie? Kinders en familie en hoe het so 'n mooi vrou, so 'n anderster mooi vrou, hier by oom Ben en tannie Alta beland?

Hy weier egter om haar enigiets te vra en dink net aan een ding, en dit is om nou in die Kaap te kom. Daar is 'n plan en as hy dit kan uitvoer, is hy vanaand by sy eie huis.

Sy hande bewe liggies wanneer hy die skoongewaste kar aanskakel. Met sy vol kop het hy skoon vergeet om vir haar die deur oop te maak.

Haar selfoon lui en sy antwoord nadat sy die foon uit haar sak gehaal het. "Dis reg, Tannie, ek sal hom vra. Ons gaan dan net 'n bietjie later wees, maar ek is seker dit sal reg wees."

Wanneer sy praat kan hy hoor sy wil hom so graag ompraat. "Oom Ben gaan sommer vir Oumatjie huis toe neem met die kerk se bussie. Tannie Alta het 'n bietjie hoofpyn en wil so 'n rukkie gaan lê. So as jy wil, sal ek baie graag vir jou Jakobsbaai wil gaan wys."

Om alleen saam met haar te gaan hou vir hom voordclc in. Buitendien, sy praat min en vra nie vrae nie. "Dis reg, kom ons gaan. Ek val mos vroegoggend in die pad."

Hy wil nie dat oom Ben en die tannie hom Kaap toe vat nie, daar is te veel vrae en hulle gaan aan sy houding iets agterkom.

Sy beduie hom watter pad om te neem en vir 'n dik ruk ry hulle langs plase en oop stuk velde wat oortrek is met blomme. Langs die pad sien hulle een na die ander groot windlaaier wat draai en sy roep uitbundig uit.

"Kyk daar is my vriende!"

Hy skrik effe, want die die eerste keer wat hy haar so luid hoor. "Waar?" vra hy.

Sy lag hardop toe sy die verbaasdheid op sy gesig sien. Wanneer hulle indraai waar die naam Jakobsbaai op die bord staan, lê 'n prentjie voor hulle. Nee, 'n skildery. Dis die mooiste toneel wat hy nog in sy lewe gesien het.

Orals langs die pad is daar stroke fyn blommetjies van verskillende kleure.

Witgekalkte huise in min of meer dieselfde rigting staan oral nie te naby mekaar nie sodat elkeen sy eie ruimte en mooi kan hê.

Wanneer hulle deur die sandstrate begin ry, praat sy: "Johan, moenie vinnig ry nie. Hier moet jy alles stadig doen en oorweeg om te kan waardeer en te kan geniet."

Daar is hier en daar 'n huis wat 'n ou vissersboot voor die huis het. Die is kleurvol geverf wat net-net die wit breek.

Dan lei die laaste paadjie na die see. Sy vra hom om te stop.

'n Skuinste lei na die skuimende water en wanneer hulle by die soom kom, verstaan hy die haarkapster se woorde: Die water lyk nes Capuchino. Dit skuim en is vriendelik vir die oog om jou te nooi om jou skoene uit te trek en in die water te loop. Nog nooit het hy sulke bruisende mooi gesien nie.

Asof sy sy gedagtes kan lees moedig sy hom aan. "Trek uit jou skoene en gaan in."

Die water bruis oor hulle voete en na 'n ruk vat hy haar hand. "Pasop dat jy nie gly nie."

Hulle altwee gaan sit op 'n gladde groot klip wat 'n mens seker 'n rots kan noem, maar dit is glad sonder enige skerp punte. Hulle skoene agter die klip.

Vir lank sit hulle net en dan sonder 'n woord staan hulle op en begin die skuinste af loop na waar hulle skoene is.

Hy kyk om en haar mankheid is nou meer opsigtelik as ander kere omdat dit afdraand is. Wanneer hy sy hand uitsteek na haar toe, huiwer sy, en vir die eerste keer bespeur hy haar ongemak en nie meer in volle beheer van die situasie nie.

Sy steek tog haar hand uit en hy neem dit stewig in syne. Haar hand is sag, maar tog ook harder as wat Luzaan s'n was. Treetjie vir treetjie lei hy haar die skuinste af.

Haar greep verstewig en dis asof hy weet dat hierdie vrou nie 'n man, of altans hom, vertrou nie al is dit ook net om haar weer tot by die water te bring.

By die water gaan staan hulle met hulle voete in die bruisende borrels. Hy het sy broek opgerol en sy aan die anderkant lyk nie of dit haar pla dat haar rok nat word nie.

Die vlegsel van haar hare het nou heeltemal losgekom. Stringe hare met die effense krul in dit.

Hy kom agter dat hy homself verkyk daaraan.

Hierdie keer steek sy haar hand na hom toe uit en sê dat hulle om die draai moet loop. Die om die draai is oorkant die sandpaadjie en met 'n voetpaadjie langs. Weerskante van die paadjie is fyn wit blommetjies. Wanneer hulle by die einde van die paadjie kom, kolk die goudbruin water steeds.

Daar is 'n reuse klip en half bo-op, nog 'n groot een.sy stut haarself met haar een arm om op die onderste klip te klim en hy vou sy arms van agter om haar dun middel. Dan lig hy haar op die onderste klip wat 'n gelyk oppervlak het.

Die kleur van die klippe is grys met hier en daar aanraak blertse van dofwit.

Sy gaan staan op die grootste klip wat verder gaan tot in die water en wanneer sy omdraai is haar oë 'n bruin-groen. Wanneer sy praat is haar stem harder as gewoonweg en baie ferm.

"Johan, gaan sit rustig daar op die bankie en geniet net die mooi."

Hy draai om en sien nou eers die sementbankie wat teen 'n groot klipagtige formasie staangemaak is. Voor dit is 'n boma waar jy kan vuurmaak en vleis braai. 'n Piekniek-plek, maar wat een word met die voorkoms en sonder gras en sambrele en aardse goed. Net klip en fyn blomme met fyn sand.

Hy wonder hoekom sy hom gevra het om daar te gaan sit, maar redeneer nie met haar nie. By die bankie sien hy die koperplaatjie met 'n man se naam daarop en sy geboortedatum en ook dan sy datum van sterwe. Die datums wys vir hom dat die man al redelik bejaard was en hy gaan sit sonder om verder daaroor te wonder.

Hy hou haar dop en die wind waai nou effe sterker. Haar lang slooprok wapper en ook haar hare. Sy kyk stip vir die kolkende water wat soms rustig en dan weer bruisend voor hulle vertoon. Wat in haar gedagtes aangaan weet hy nie, maar hy sien 'n effe ruk in haar skouers.

Sou sy huil en is dit die rede hoekom sy hom weggestuur het? Moet hy na haar toe gaan, maar hy wys die gedagte dadelik weg.

Wat het hier gebeur? Huil sy oor 'n man? Moet wees, want iewers moes daar tog iemand in haar lewe gewees het.

Dit voel soos ure wat sy staan en hy sit en raak geïrriteerd omdat hy nog nie gedoen het wat hy wou nie. Liewe hemel, hy is nou al die heeltyd by hierdie mense en dinge kom net nie tot 'n punt nie.

Hy neem 'n besluit en weet in sy kop dat hy dit nog vanaand gaan uitvoer. Hy gaan oom Ben en tannie Alta se kar leen.

Stadig neem die plan in sy kop vorm en hy haal die muntstuk uit sy sak. Wanneer hy dit opskiet en die kop bo op sy handpalm lê, weet hy dit gaan werk.

Kop of stert en hy gaan by die kop bly.

Stadig kan hy voel hoe die adrenalien verhoog in sy liggaam en dat dit gereed is om elke krieseltjie energie vry te stel wat hy het.

Eers wanneer hy sy naam hoor besef hy dat sy oë toe was en dat sy voor hom staan. Sy het baie gehuil, dit kan hy sien aan die effe pofferigheid onder haar oë.

Asof sy nie heeltemal in die hede is nie sê sy argeloos dat hulle seker sal moet ry. Hoe sy van die klippe afgekom het weet hy nie eers nie, maar sy het.

Hy vra nie vrae nie en sy op haar beurt gee sy ook nie antwoorde nie.

Hulle ry in stilte terug, maar hy kan nie help om sy goeie maniere te onthou nie. "Dankie dat jy my hiernatoe gebring het en dis regtig een van die mooiste omgewings wat ek nog gesien het."

"Dis 'n plesier, Johan. Jy weet jy is altyd welkom."

Dis asof daar 'n meer gemaklike atmosfeer tussen hulle kom.

Dan kan hy nie help om te vra nie. "Jana, hoekom het jy so gehuil? Is daar iets ek vir jou kan doen?"

Haar antwoord maak iets in hom wakker, seker omdat hy so seker is oor sy eie lewe en sy eie plan.

"Sommige mense huil vir altyd, Johan, en wanneer jy dinge nie kan verander nie, dan lewe en huil jy daarmee saam." En skielik, asof sy nie eens pas gepraat het nie, verander haar stem weer na die gewone sagtheid en vrolikheid: "Jy sê dat Jakobsbaai vir jou mooi is."

"Pragtig verby," antwoord hy. Skielik ernstig dink hy weer aan sy plan en dis amper asof hy dit met haar wil bevestig. "Jana, ek kan nie genoeg dankie sê vir wat jy en oom Ben en tannie Alta vir my gedoen het in die tyd en vir julle gasvryheid nie. Vanaand is nou my laaste aand by julle, môre is ek op pad Kaap toe ek moet, want ek het dringende sake daar."

Sy antwoord nie dadelik nie en 'n hele ruk gaan verby voordat sy weer praat: "Oom Ben het gesê dat hy jou Kaap toe sal vat."

Die woorde bly in die lug hang, want hy weet dit sal nie moontlik wees nie. Sy plan is om vanaand al pad te gee en die kar te neem. Dit sal nie steel wees nie, want hy sal dit dadelik terugbring.

Nadat alles verby is ...

Hy sal dit in die aand terugbring en net voor hulle huis los en vervoer vir homself reël. Hy kan net nie verstaan dat hierdie mense niks oor hom uitvra nie. Is hulle dan nie bekommerd dat hy dalk 'n krimineel kan wees nie?

Maar hy ís 'n krimineel, onthou hy skielik. 'n Onskuldige tronkvoël en hierna gaan hy nie net dit wees nie, maar ook 'n moordenaar.

Wanneer hulle by die huis kom is die voordeur oop en die reuk van gekookte kos styg uit die kombuis op. Hulle kry tannie Alta daar waar sy besig is om tafel te dek.

"Aaa! Hier is julle. Ek het nou-net begin wonder of julle al op pad is. En toe, Johan, hoe hou jy van onse Jakobsbaai?"

"Dis pragtig, Tannie, regtig. En die water lyk regtig soos Capuchino."

"Nou toe, ons het jou mos gesê dis so 'n stukkie hemel daar. Oom Ben is in die studeerkamer, hy berei voor vir vanaand se preek en het klaar geëet. Wag, julle is seker honger, laat ek opskep."

Hulle eet in stilte en die gekookte kos is heerlik.

"Johan, jy is welkom om by ons aan te sluit by vanaand se biduur. Oom Ben praat vanaand oor vergifnis, so dit gaan baie leersaam wees."

Amper te vinnig maak hy verskoning. "Dankie, Tannie, maar ek sal bietjie rus moet inkry as ek nou wil Kaap toe gaan."

"My kind, onthou ons sal jou vat môre, jy hoef nie weer duim te gooi nie."

Hy bly haar 'n antwoord skuldig, want in sy kop het reeds 'n plan aangeneem.

Wanneer hy die middag verskoning maak om 'n ent te gaan stap vra niemand vrae nie. Op die sand trek hy sy skoene uit en loop af na die water toe. Die genot wanneer die water oor sy voete spoel laat hom dink aan die afgelope tyd.

Hy het soveel tyd gemors. Alles kon nou al verby gewees het en die geskree in sy binneste kon opgehou het.

Die week voordat hy gearresteer is het Weyers hom na sy kantoor toe geroep. "Ons is in die moeilikheid, ou pel, in groot moeilikheid."

Daar het hy grepe van die bedrog gehoor, maar nie alles verstaan nie. Net dat hulle besig is om alles te verloor.

Daar was 'n plan. Natuurlik was daar 'n plan altyd deur Weyers se leiding. Hy het hom vertrou met alles, selfs sy vrou.

Wanneer hy aan daardie oggend dink wil hy opbring. Hy kan voel hoe die naarheid in sy keel opstoot en hoe hy dit weer afsluk, om maar net weer op die krop van sy maag te kom sit.

Hy vloek skielik hardop en wonder vir die hoeveelste keer hoe hulle dit kon doen of hoe lank dit aangegaan het.

Die oggend in sy kantoor het hy verskeie dokumente geteken. Tot sy huis en motors op Weyers en sy vrou se name. Sou die pawpaw die fan strike soos Weyers gesê het, kan hulle niks verloor nie.

Op daardie stadium was goud ook betrokke, en die het hy geweet smokkel hulle mee. Dit het hy hanteer. Ook die diamante wat met klein afstandbeheerde vliegtuigies van een plek na 'n ander gevlieg is.

Niemand sou eers daaraan kon dink nie. Dis 'n gewone sport en wat aan die vliegtuigies vasgemaak is sou niemand kon raai nie.

Wat hy egter nie geweet het nie, is dat hy op die ou end al een gaan wees wat skuld dra. Niemand sou 'n vinger na hulle kon wys nie. Hy en hy alleen sou tronk toe moes gaan.

Dan dink hy aan die oomblik toe hy besluit het om vroeg huis toe te kom en hulle kamerdeur wat hy oopgemaak het. Hy kry dit nie reg om die gebeure te herroep nie, hy wil ook nie.

Na dit het hy eenvoudig in sy BMW geklim en gery totdat hy nie meer wou nie, en by 'n bar ingegaan. Een na die ander brandewyn het hy bestel, en baie later half onvas op sy voete na sy motor geloop.

Hy was lus vir seks en het by 'n bordeel ingegaan. Daar was kamers beskikbaar en hy het allerhande eise aan haar gestel. Sy was gewillig en wild en het alles gedoen wat hy gevra het. Terwyl hy op haar gelê het was hy ru en het wraak geneem op haar lyf. Agterna moes sy kaal vir hom dans en show.

Nog later is hulle terug na die dansbaan, en hy toe heelwat nugterder, het saam haar gedans en gelag. Later is die dansbaan vol skuim gespuit en steeds was hy wild en vol vals bravade.

"Ek het haar nie nodig nie, sy kan fokkof!" het hy gegil onhoorbaar bo die musiek.

Die see en die wind demp sy stem wanneer hy gil: "Julle gaan vrek! Ek gaan julle vrekmaak!"

'n Ruk lank staar hy net na die see. Orals is seevoëls en hy hou hulle vir 'n ruk dop. Hoe sonder sorge lyk hulle. Geen wraakgedagtes nie, net oorlewing tel by hulle. Die mamma leer haar kleintjies swem en verder is dit net die wind en wat die see ook al voortbring wat vir hulle tel.

Wanneer hy na 'n lang ruk omdraai, staan sy daar ver van hom af aan die bo-kant van die duin. maar sigbaar genoeg. Sy tuur oor die see en kyk nie direk vir hom nie, maar tog kan hy haar teenwoordigheid aanvoel.

So sterk dat dit amper voel of sy haar asem in sy nek blaas. Tog kyk sy nie vir hom nie, maar hy weet dat sy hom sien en ook wat hy voel. Hy voel selfbewus en weet dat hy vanaand en nie môre-oggend nie gaan.

Die oorspronklike plan weet hy nou gaan hy uitvoer.

Stadig begin hy terugstap en besef dat sy weg is. Vir 'n oomblik wonder hy of hy hom nie verbeel het dat sy daar gestaan het nie.

Na 'n vinnige aandete verskoon hy homself en gaan sit in sy kamer. Hy kan reeds die musiek hoor wat van langsaan uit die kerk kom. Vrolike musiek met instrumente, en dan hoor hy hoe die kerkgangers hande-klap.

Sy nuuskierigheid laat hom die gordyne 'n bietjie weghou en soos die mense in die kerk ingaan hoor hy dat hulle begin om vrolik saam te sing.

Hy moet gaan kyk, hy sal net duskant die deur staan en net loer sonder dat hulle hom sal sien.

Wanneer hy die agterdeur oopmaak, maak dit 'n geluid en hy trek sy asem in, bang dat iemand hom hoor al is dit onmoontlik.

Die musiek word harder hoe nader hy kom.

By die deur kry hy dit reg om deur die skrefie te loer en die prentjie wat voor hom afspeel is heeltemal onbekend. Op die verhoog sit 'n jongerige man agter 'n stel dromme en speel dit met soveel entoesiasme en genot wat hy nog nooit gesien het nie. Daar is drie vroue wat elk met 'n mikrofoon staan en sing. Een middeljarige man speel 'n kitaar en oom Ben staan ook op die verhoog en sing lustig saam en klap hande.

Dan sien hy vir Jana. Sy sit voor die elektriese klavier en haar gesig lyk anders. Dalk verbeel hy hom, maar daar skyn 'n lig rondom haar en sy lyk stralend. Hy het haar nog nooit so gesien nie.

Hy draai om, maar voor hy kan terugstap vat iemand hom aan die arm. 'n Jongerige man glimlag vir hom en begin met 'n vrolike stem praat.

"Goeienaand, Meneer, welkom hier by die Houtkruis. Kom gerus in, daar is nog genoeg plek."

Uit die hoek van sy oog sien hy die haarkapster en sy wuif vir hom en wink hom om te kom sit.

"Nee, ek is reg ek is eintlik op pad," verduidelik hy te vinnig. Hy gee die man nie verder kans om te praat nie, maar loop vinnig weg. Dis amper tyd hy moet gaan beplan.

In sy kamer gaan haal hy sy notaboek en pen uit sy sak. Wat sal hy skryf? wonder hy. Wat skryf 'n mens vir goeie mense wanneer jy hulle kar steel, of leen?

Liewe oom Ben, tannie Alta en Jana.

Ek wil net verskriklik dankie sê vir julle gasvryheid en al die lekker kos. Oom Ben en tannie Alta, ek gaan net na middernag julle kar leen om in die Kaap te kom. Sodra ek daar kom sal ek julle laat weet en ook sorg dat julle kar dadelik terugbesorg word. Daar is dinge wat ek dringend moet afhandel.

Oom Ben en tannie Alta, ek glo nie julle weet nie, want dan sou julle my miskien nie opgelaai het nie, maar ek is 'n tronkvoël. Ek was agt jaar in die tronk, maar eintlik was dit my beste vriend en sakevennoot wat moes gaan sit het. Ek wil nie veel uitwei oor die saak nie, maar dit was destyds in al die koerante.

Miskien sal julle nou die polisie bel, maar ek vra tog mooi om my net een dag kans te gee om die voertuig terug te besorg. As ek dit nie doen nie, kan julle dadelik die polisie bel.

Nadat hy die brief geskryf het gaan stort hy en trek sy skoon klere aan wat Jana vir hom gewas het. Hy sal tog nie vanaand aan die slaap raak nie en hy weet almal in die huis sal vas slaap teen die tyd wanneer hy gaan. Alles sal baie stil moet gebeur. Hy gaan lê op die bed om die ure om te wag.

Twee-uur sal hy ry en behoort voor die son opkom daar te wees. Sy plan is in werking om in sy eie huis in te breek.

Dit is reeds stil in die saal en hy kan hoor hoe karre wegtrek en oom Ben en tannie Alta verlangs groet. Hy wonder by homself waar Jana is.

Sy plan is om die kar uit die garage te stoot tot in die pad. Gelukkig is dit teen 'n skuinste af. Die brief sal hy op die kombuistafel los, want dis die eerste plek waar hulle dit sal sien.

Sy gedagtes hardloop met hom weg en die haat bou só op dat hy die pistool in sy hande kan voel. Hy voel hoe hy dit op hulle rig en 'n rilling gaan deur hom wanneer hy in sy gedagtes die sneller trek. Bloed spat orals en hulle oë staar leweloos oop. Niks bly meer oor om te sê nie. Hulle het gulsig gevat en gebruik, en hý moes sit.

Vir die agt jaar gaan hulle , nie met geld of besittings nie, maar duurder. Hy sal handskoene aantrek. Daar gaan genoeg tyd wees om die rewolwer in die vark se hand te sit. Niemand sal sien nie en niemand sal weet nie. Hy sal sy rol goed speel. Hy sal geskok op dit alles afkom.

Dit sal sy beurt wees en hy sal alles verkoop en as prokureur gaan praktiseer.

Iewers, net nie daar nie. Nooit wil hy weer in die Kaap bly nie. Dalk iewers op die platteland, net hy en hy alleen.

Natuurlik sal hy nooit weer trou nie.

Vir 'n oomblik kom Jana se beeld voor hom op, maar hy verskuif dit dadelik. Nooit weer sal hy trou nie, en nog minder aan 'n ernstige verhouding dink. Hy het sy les geleer.

Iewers het hy badwater hoor intap, maar dis 'n hele ruk terug. Wanneer hy op sy horlosie kyk, sien hy dat dit net na twaalf is.

Die huis is doodstil. Hy weet die hond slaap op die bank in die stoepkamer, so hy sal nie blaf nie.

Hoofstuk

10

Stadig staan hy op om sy gesig te gaan was en tande te borsel. Die styfheid in sy spiere en sy nek ignoreer hy. Dis spanning weet hy. Hy is op pad om hierdie mense wat so goed is vir hom se kar te steel, of te leen.

Dit pla sy gewete, maar dit skuif hy ook agtertoe.

Saggies maak hy sy bed op. Hy is volledig aangetrek en sy baadjie wat hy aanhet maak dat sy sak met bietjie besittings lig is.

Met die brief in sy een hand en die sak oor sy skouer maak hy die kamerdeur saggies oop en dan weer toe. Sou iemand dalk deur die nag kombuis toe gaan sal dit lyk of hy nog in die kamer is.

Op sy tone loop hy kombuis toe. Hy sit die brief half verskuil onder die bak met vrugte en huiwer 'n oomblik om net dadelik daarna weer te fokus. Moenie dink nie doen net.

Dan onthou hy skielik iets en haal die muntstuk uit sy broeksak om dit op te skiet. Dit is nie heeltemal pikdonker nie en die maanlig skyn helder. Voordat hy dit vang weet hy dit gaan kop wees.

Iewers hoor hy tannie Alta se woorde: Jy is altyd die kop, Johan, nie die stert nie. Dit staan in die Woord.

Wanneer hy by die garage kom en probeer oopsluit met die sleutel wat hy op die hakie langs die kombuisdeur gevind het, vind hy dit eers snaaks dat die deur nie gesluit is nie.

Die kombuisdeur het hy net toegetrek en die garagesleutel gaan hy sommer in die slot los. Wanneer hy dit oopskuif maak dit tog 'n geluid, daarom doen hy dit so stadig as moontlik.

Oop!

Nou vir die moeilike deel om die kar tot in die pad te stoot. Gelukkig is dit nie ver nie en sal hy dit kan doen.

Binne in die kar voel hy ongemaklik, maar skud dit ook af en haal die kar uit rat uit. Hy gebruik al sy kragte en stoot die kar tot in die sanderige straatjie.

Verligting spoel oor hom, maar dan onthou hy dat hy die garage oop gelos het. Hy besef dat dit nou te laat is om terug te gaan en skakel die kar aan, maar ry nog tot by die hoofpad en skakel dan eers die ligte aan.

Uiteindelik hy het dit gedoen en wanneer hy die petrolpedaal dieper intrap weet hy met alle sekerheid wat nodig is dat hy nie sal omdraai nie. Daar is egter 'n gemis aan opgewondenheid en verligting en hy skryf dit toe aan die feit dat alles nog nie afgehandel is nie.

Hy ry deur Velddrif, vat die Weskuspad en slaak 'n sug van verligting wanneer hy sien dat die petroltenk amper vol is.

Dit beteken dat hy nie sal hoef te stop nie. Hy het genoeg gestop in sy lewe en genoeg gewag.

Steeds is daar geen vervulling of blydskap nie, eerder haat en wraakgedagtes.

Wanneer hy heelwat later by Langebaan tog aftrek om net koffie te koop en badkamer toe te gaan, voel hy effe duiselig.

Na die wegneemkoffie voel hy heelwat beter en die adrenalien is terug. Die kar se wiele sing op die teerpad en die kilometers gaan verby.

Hy ry heeltemal oor die spoedgrens, maar dit skeel hom min. Hy sal later al die boetes betaal.

Eers wanneer hy Blouberg inry bewe sy hande op die stuurwiel en dit voel of 'n dolk in sy hart gesteek en gedraai word.

Die see is onstuimig waarlangs hy ry en die bekende eetplekke bring die onthou wat hy wil vergeet. Hy sal moet iets eet, dink hy en stop sommer by 'n drive-through.

Vinnig rammel hy sy bestelling van 'n burger en 'n Coke af.

Hy eet sommer so in die ry om tyd te spaar. Hy moet homself dwing om nie langs die see te stop nie, maar draai tog regs om verder aan by die kantoor aan te gaan.

Dis 'n mooi gebou en Luzaan het dit met sorg en duursaamheid laat binneversier. Hulle sal nog nie by die kantoor wees nie, dis nog te vroeg, daarom sal hy moet wag voordat hy na die huis toe kan gaan. Net 'n rukkie, want dan kan hy tot middagete tyd hê om alles reg te kry en hulle in te wag. Die kar sal hy agter die huis parkeer en hy weet hulle sal dit nie sien nie. Nog beter, hy sal dit later by die mall onderdak gaan parkeer.

Hy weet hy het te vroeg gery, maar kon nie later nie, want dan sou die mense in die huis wakker wees. Oom Ben het gesê dat hulle al halfvyf in die oggend in die kerk gaan bid.

Bid ... hoe kan jy bid as jy 'n moord gaan pleeg? Hy weet nie eens hóé om te bid nie en buitendien, as daar 'n God is sal dié nie na hom luister nie.

Naby die huis draai hy af na die strand toe. Dis afgeleë en miskien kan hy net 'n bietjie sy oë sommer in die kar toemaak en rus. Slaap sal hy nie kan nie, maar hy sal moet helder bly.

Hy stop die kar ver genoeg van die pad af.

Dan vat hy die drukkertjie om die sitplek 'n bietjie agtertoe te laat gaan. Wanneer hy agtertoe kyk voel dit of al die bloed uit sy kop vloei. Sy sit regop en haar hare lyk deurmekaar geslaap.

Hy skree-praat met haar: "My goeie fok, Jana, wat maak jy hier? Hoe was jy heeltyd in die kar?"

Sy antwoord nie, maar hy sien die kombers waaronder sy moes gelê het. Hy weet vir 'n oomblik nie wat om te sê nie, maar dan word hy kwaad.

"Luister, Jana, hoekom jy so mal was om dit te doen weet ek nie, maar ek gaan nou vir jou die kar gee dat jy kan teruggaan. Ek sou buitendien môre die kar teruggevat het."

Sy antwoord nie, maar maak die deur oop en klim uit.

Wragtig volg hy haar. "Jana, luister na my, ek het 'n briefie gelos ek het nie die verdomde kar gesteel nie."

Die wind demp sy stem en sy kyk nie om nie maar loop net aan in die rigting van die see.

Hy loop agterna, maar gaan staan wanneer sy stadig op die sand gaan sit. Sy haal een van die bandjies om haar arm af en bind haar bondel hare daarmee vas. Heeltemal onbewus van hom.

Hy weet hy sal haar net eenvoudig moet oorreed om te ry. Anders sal hy sy bestuurder van vroeër moet bel en vra. Gelukkig is daar landlyne by die huis. So, eintlik is dit goed dat sy hier is. Dis beter dat hy sonder 'n voertuig by die huis aankom, dan kan hy insluip en ry met een van sy eie karre.

Destyds is alles op Weyers en haar naam gesit, so die bedroggeld is eenvoudig vereffen uit die ekstra wat in 'n bankrekening was. Al die mense is betaal en hulle kon net weer gewoonweg aangaan.

Dit het Weyers vir hom oor die foon gesê toe hy hom eenkeer gebel het. Hy het nie jammer gesê nie, hom bloot net in kennis gestel.

In al die tyd in die tronk het hy nooit besoekers ontvang nie. Geen lekkernye of tydskrifte of iets nie ... Fokkol!

Daar het hy die dagvaarding gekry vir die egskeiding en daar het sy wese en sy siel gevrek. Hy het met alles binne hom gestudeer en sy LL.B. met lof geslaag. Dit het hom in die nagte laat wonder wat sy pa sou gesê het as hy geweet het dat hy 'n prokureur is. Sy ma sou nooit geweet het nie, maar hy kon nog sy pa probeer kontak het, maar hy wou nie. Die kritiek van die feit dat hy in die tronk is sou sy prestasie oorheers het. In elk geval het hulle seker die koerante gelees.

Weyers en Luzaan het geskep van die room, weet hy en dit het hom bitter gemaak. Al wat hom nog laat asemhaal het was sy planne om hulle vrek te maak.

Niemand sal hom verdink nie. Hy sal dit soos 'n selfmoord laat lyk. Hy sal die kontant uit hulle rekenings gaan trek en ook die in die kluis vat en iewers ver van hier 'n nuwe begin gaan maak. Daar sal genoeg geld wees om 'n kar te koop en vir 'n ruk oor die weg te kom.

Skielik keer sy gedagtes weer terug na die nou.

Steeds sit sy net en staar na die see wat nou rustig is.

Die wind het ook 'n bietjie gaan lê. Hy loop na haar toe, en wanneer hy by haar kom lyk dit vir 'n oomblik of sy nie bewus is van hom nie. Tog kyk sy op na hom toe en tik met haar hand langs haar om hom te nooi om te kom sit.

Bliksem, wat is dit met dié vrou? Sy moet die kar vat en ry. Sy het mos nou haar dapper daad gedoen vir die dag en gekeer dat hy die verdomde kar steel.

Hy gaan teësinnig sit en praat onbeskof met haar: "Jana, jy kan die kar vat en ry, asseblief, ek het baie dinge om te doen."

"Nou goed," sê sy, "maar net as ek jou kan gaan aflaai."

Verbaas kyk hy na haar omdat sy so gewillig ingestem het.

Stil ry hulle en wanneer hy haar vra om te stop is dit by die huis aan die onderpunt van die straat. Sy moenie sien waar hy bly nie.

Hy groet half kortaf. "Jy moet mooi ry en sê asseblief vir oom Ben-hulle ek is jammer." Uit sy sak wil hy kontant haal vir die petrol, maar sy wys dit van die hand.

Dis 'n hele ent wat hy moet loop en hy doen dit vinnig en probeer loop so ongemerk as moontlik vir ingeval iemand hom sien en herken. Die gedagtes aan Jana wat nou alleen terugry roer in sy binneste, maar hy weer dit af.

Dit voel of iemand hom dophou en dit laat hom vinniger loop. By die groot hekke gaan hy staan om die kode in te druk by die hekpaal.

Vandag is Woensdag, so daar is nie bediendes nie waarvoor hy so dankbaar is. Van die begin af het hy beplan om rond te hang tot 'n Woensdag. As hy maar net nie ingestem het om saam met oom Ben-hulle te ry nie.

Sy muntstuk het die kop bo gehad, dink hy terwyl hy die geldstuk uit sy sak haal.

Voordat hy dit opskiet, hoor hy haar: "Johan, jy is die kop én nie die stert nie."

Wanneer het sy hier gestop? Wragtig, hoekom hou sy aan met hom?

Die venster aan die bestuurskant is oopgedraai en haar kyk lyk ernstig. Sy praat voordat hy haar in haar hel kan stuur. "Moet dit nie doen nie, Johan, gee my eers 'n kans om met jou te praat. Ek belowe, daarna sal ek dadelik gaan en dan kan jy jou eie keuse maak. Maar ek moet eers met jou praat, asseblief."

Nou is haar blik pleitend en hy wil nog die muntstuk opskiet, maar druk dit terug in sy broeksak. Die tyd is nou om te fokus. "Kom," sê hy en druk die kode by die hekpaal in wat hy vir soveel jaar gebruik het.

Stadig skuif die hek oop en hy beduie haar waar om te stop aan die agterkant van die huis. Teen hierdie tyd is hulle al altwee by die kantoor, dit weet hy. Woensdae is die besigste dae.

Na 'n rukkie skuif die groot ysterhekke oop en vir 'n oomblik staar hy na die imposante huis voor hom. Dis intussen roomkleurig geverf.

Op die groot stoep is nuwe kussings op die boma-bankies. Die afdak wat hy nog laat opsit het is ook nuut geverf.

Wanneer hy omloop sit sy steeds in die kar en haar oë is toe. Vir 'n ruk kyk hy na die groot swembad en die lê-stoele langs dit. 'n Waterval in die hoek spuit en rol water tot in 'n poel.

Hy loop na die groot visdam tussen die rotse en sien dat daar nou meer koi-visse in swem. Dit was een van sy stokperdjies wat hy so lief voor was.

Wanneer hy terugstap na die motor is haar oë oop.

Sonder dat hy haar vra klim sy uit.

"Staan hier, ek wil eers probeer om in te kom. Hier is 'n alarm en kameras wat ek moet afsit."

Hy steek sy hand in 'n groot pot net langs die agterdeur en haal die spaarsleutel uit. Dan buk hy en haal 'n paar handskoene uit sy sak. Die het hy gekoop net toe hy uit Kroonstad se tronk gekom het.

Alles is so goed beplan, maar dan dink hy met wrewel aan Jana. Goed, sy kan praat, maar dan moet sy ry. Anders weet hy nie. Sy kan alles opmors. Sy gaan die koerante lees en sy sal weet dis hy, maar hy gee nie 'n donner meer om nie.

Sooibrand wat opstoot in sy keel gee 'n naar gevoel wanneer hy die deur oopsluit ...

Hy het net tien sekondes.

Vinnig hardloop hy na die studeerkamer op die onderste vlak en sit die alarm af. Nou die kameras. Die sit hy ook af, en hy weet hulle kyk nie juis daarop wanneer hulle van die kantoor af kom nie.

Gedoen. Wanneer hy buite kom staan sy by die visdam na die visse en kyk. Hy roep na haar en wink dat sy moet inkom.

Binne kyk hy na die onderste groot sitkamer. Daar is nuwe meubels. 'n Luukse ougoud moderne sitkamerstel met 'n bank wat kan uitskop. Teen die een muur is die heel grootste Televisie vasgemaak. Daar staan 'n ystertrollie met van die beste whisky en glase daarop in die een hoek.
Twee hoë porseleinkatte, een swart en die ander een goud, pas by die ivoorkleurige moderne gordyne.

Dan stap hy na die kombuis. Sy volg hom nie en hy kyk na die staalkaste en marmer-oppervlaktes. 'n Dubbeldeur-yskas staan in die verste hoek. Hy maak dit oop en sien daar is vars produkte in. Nie dat Luzaan ooit gekook het nie. 'n Gastehuis het etes afgelewer en naweke sou hy kos maak en sy dalk 'n slaai.

114

Die groot venster kyk uit op die swembad. Sy gedagtes gaan uit na gelukkige dae toe sy en hy buite was. Die hoë muur verberg die huis om te verhinder dat enige persoon kan sien wat aangaan rondom hulle huis. Dan het hy en sy hulle lywe met olie gesmeer en heeltemal kaal op die stoele gelê en een na die ander drankie gedrink. Haar liggaam was bruingebrand, glad geskeer en sag. Oor en oor sou hulle mekaar eet op elke denkbare manier.

Later sou hulle albei onvas op hulle voete binne toe gaan en die musiek kliphard draai. Sy sou vir hom dans en show tot hy dit nie meer kon hou nie.

Wanneer hy daaraan dink stoot die woede op, maar hy weet vandag, en ook reeds al in die tronk, dat hy haar nie meer liefhet nie.

Die goeie tye wat so min was word verban uit sy geheue deur haat. Hy keer terug na die hede en haal twee glase uit waarin hy yskoue druiwesap gooi. Dan sit hy die koffiemasjien aan en stap na die sitkamer waar sy steeds staan.

Hy gee vir haar die sap en sê dat sy moet gaan sit. "Ek gaan vir jou iets maak om te eet," sê hy skor en loop uit.

Hy haal 'n pan uit en 'n bord en breek twee eiers in.
Dan sit hy die brood in die rooster en haal kaas en tamatie en avo uit. Vinnig sny hy dit in stukkies in haar bord en botter die broodjies waarop hy die gebakte eiers sit. Dan sit hy alles netjies op 'n tafelskinkbord en gooi twee bekers koffie in. Hyself sal net jogurt eet vir die naarheid, maar sy lyk bleek en vir 'n oomblik wel daar 'n jammerte in hom op.

Wanneer hy die tafeltjie met kos op haar skoot sit steek sy haar hand uit en sê dankie vir die kos en voeg dan by dat sy die Here vertrou om hulle te beskerm. Sy eet die ontbyt gulsig. Hy sy jogurt. Nie een van hulle praat nie.

Hy neem die skinkbord wanneer sy klaar is en gaan pak alles in die skottelgoedwasser. Hy maak alles netjies sodat niemand kan agterkom dat iemand in die huis was nie.

Terug in die sitkamer sien hy dat sy besig is om in 'n klein sakbybeltjie te lees en dit irriteer hom grensloos.

Hy ignoreer haar en stap met die gang af na die studeerkamer waar die kluis in die kas is. Hy het steeds die handskoene aan en druk die kode van die kluis in.

Daar lê pakke note in en twee rewolwers lê langs mekaar. Hy haal die .45 uit en hou dit in sy hande. Dis nie gelaai nie, maar die boks patrone is daar en hy haal dit uit en begin een vir een in die wapen sit. Hy sal gereed wees weet hy en hy sal skiet sonder huiwering.

Die deur is toe en Jana is steeds in die sitkamer. Hy gaan nou vir haar sê om te ry. Steeds staan hy met die vuurwapen toe hy haar agter hom hoor. Soos blits draai hy om en rig die wapen direk op haar. Wragtig, sy gaan dit nie vir hom spoil nie, dan kan dit maar drie moorde op sy kerfstok wees.

"Moet dit nie doen nie, Johan, luister eers na my."

"Jana, as jy nie nou fokkof nie gaan jy vrek, sowaar as wat ek hier staan." Sy hand bewe, maar wanneer sy praat is dit stil.

Hoofstuk

11

"Hulle is dood, Johan. Dood. Hoor jy?"

"Wie?" vra hy verward.

'n Lang ruk is daar stilte voordat sy dit uitroep: "My kinders. Altwee my prinsesse is doodgeskiet, Johan!"

Hy laat die vuurwapen sak en eers baie later wanneer hulle in die sitkamer sit, vertel sy hom.

Haar man en sy het nooit die Here gedien nie, maar vir hulle glorie en rykdom gelewe. Hulle was 'n gelukkige gesin sonder probleme en het alles gehad wat hulle hart begeer. Op 'n dag het alles verander daar was inbrake en finansieel het hulle skade begin lei.

Dit het erger begin gaan tot niks meer oor was nie.

Hy het sy werk verloor en begin drink en eenvoudig na vele pogings nie meer werk gesoek nie. Hy het wel begin los werkies doen en sy het werk gekry as ontvangsdame by 'n mediese dokter.

Steeds was hulle inkomste te klein om al die skuld te delg. Hulle het hulle huis verloor en voertuie. 'n Sukkel-bestaan het gevolg en haar man het al hoe meer depressief geraak.

Sy het hom daagliks probeer moed inpraat al het syself nie meer moed gehad nie. Skuldeisers het gedurig gebel. Die kinders het siek geraak, maar daar was nie 'n mediese fonds nie. Partykeer het die dokter vir wie sy gewerk het haar gehelp sou een van hulle dalk antibiotika nodig gehad het vir griep of wat ook al.

Hulle pa het oordag verander van 'n liefdevolle man na 'n man wat sy frustrasie en woede op haar uitgehaal het. In sy woedebuie het hy haar soms aangerand voor die kinders.

Terwyl sy praat bewe sy en hy gaan haal 'n kombers om oor haar te gooi. Hy vra haar om eers te stop, maar sy waai haar hand afwerend en hou aan met praat.

Die dag het aangebreek, dit was 'n Sondag en sy kon die kerkklokke in die agtergrond hoor lui. Sy en die kinders was in die televisie-kamer. Hulle het pas hulle pappies geëet. Vyf en drie jaar oud. Haar lieflinge om wie haar lewe gedraai het.

Dis asof sy nie bewus is van haar omgewing nie. Die los vlegsel het losgekom en klam sweet blink op haar gesig.

Hy wil by haar gaan sit en haar vashou, maar iets weerhou hom. Dalk haar houding of haar praat, maar hy weet sy sal enige vorm van aanraking nou verwerp.

Na 'n stilte wat soos 'n ewigheid voel praat sy weer, maar sy is nie hier nie, sy is daar waar dit gebeur het

"Ek het probeer keer, maar hy was te vinnig. Hulle het gegil. Ek het opgespring, maar die skote was te vinnig. Die tafeltjie was in my pad en ek het daaroor gestruikel. Na twee skote het my dogtertjies vir altyd stil geraak. Hy het my probeer in die kop skiet, maar toe ek val het die koeël my bo-been getref.

"Ek onthou hoe hy die pistool in sy mond gedruk het en die oorweldigende klank van die skoot. Almal was dood net ek nie. Ek het na my kinders gekruip en hulle bloed probeer opskep met my hande. Ek wou dit terugsit en hulle weer laat lewe.

"Die ambulansrit kan ek nie onthou nie. In 'n rystoel met 'n verpleegster agter my is ek na die begrafnis toe. My ouers is lankal oorlede en ek is die enigste kind. Sy familie het my omhels, maar daar was verwyte. Hoekom het ek nie by hom gestaan en hom meer ondersteun nie?

"Steeds in die hospitaal wou ek vrek. Ek het skuldig gevoel omdat ek bly lewe het. Die gemis na my kinders was ondraaglik. In 'n staatshospitaal dag in en dag uit het ek eenvoudig opgehou eet. Niemand het egter omgegee nie en my selfmoordplanne was agtermekaar, maar ek kon nog nie opstaan nie. Ek moes weer leer loop en elke treë was pynlik. Pyn wat ek geglo het ek verdien.

"Daar was 'n gedurige geraas om my, die stilte wat ek gesoek het was nie daar nie. Soms het ek my kop in my kussing gedruk om die gille wat wou losbreek te demp. Of dit oggend of middag of aand was weet ek nie, maar hulle was net skielik daar. Weerskante van my bed. Oom Ben en tannie Alta het elkeen 'n hand van my vasgehou. Hulle het nie gepraat nie en ook nie gebid nie, net saggies die bokant van my hand gevryf.

"Elke dag het hulle gekom en vir my kos gebring. Kos wat ek eers geweier het, maar later tog bietjies-bietjies jogurt en smoothies begin drink het. Hulle het vir my nagklere en toiletware gebring en tannie Alta het my saggies afgespons en met room wat na lavental geruik het ingesmeer.

"Hulle het my weerskante gesteun toe ek leer loop het. My persoonlike besittings gaan pak. Alles was reeds verkoop deur sy familie, seker maar om die begrafniskoste en dinge te dek. Oom Ben het vir my die deposito van die huurgeld gebring. Ek het geld gehad, maar vir wat? het ek gewonder.

"Nie eenkeer het hulle met my gepraat oor die gebeure nie en ek ook nie met hulle nie. Hulle het my omgepraat om saam te gaan Weskus toe en ek het met 'n verwronge hoop ingestem. Dalk het daar tog 'n wonderwerk gebeur en is my kinders nie regtig begrawe nie. Dalk was dit ander kinders wat begrawe is. Sê nou hulle wag vir my daar. Ek het geweier om aan hulle te dink as dood.

"By oom Ben-hulle het hulle my laat werk toe ek sterk genoeg was. Enigiets van sit en aartappels skil tot help met die boeke. Maande het verbygegaan maar ek het nooit saamgebid of die dienste bygewoon nie. My bokse het onoopgemaak in die stoorkamer gestaan, want ek het geweet hulle foto's was daar."

Hy onthou die foto's teen haar kamermuur van die twee mooi dogtertjies noudat sy daarvan praat.

Hy kan nou egter dit nie meer hou nie en vra haar die vraag waarop hy ook eintlik 'n antwoord soek.

"Hoe het jy daaroor gekom, Jana?"

Anders as wat hy verwag het, antwoord sy dadelik: "'n Mens kom nie daaroor nie, Johan, jy leer om daarmee saam te lewe."

"Maar hoe kry jy dit reg om so gelukkig te wees en nie heeltyd hartseer te wees nie."

"Daar was 'n dag wat ek nie meer kon nie en ek het laatmiddag die see ingestap. Die dag om dit te doen was maar heeltyd in my gedagtes. Een van oom Ben se gemeentelede het my gered.

"Vir die eerste keer het ek geskree, maar eers nadat ek gebad het en nadat tannie Alta my gehelp het om warm aan te trek. Ek het God blameer ek het my lewe blameer. Ek het alles en almal gehaat. Oom Ben en tannie Alta het my laat begaan sonder onderbreking.

"Die volgende dag het oom Ben my nog voor die son opgekom het wakker gemaak en gesê ek moet saam met hom gaan stap. Hy het stadig langs die see met my gaan stap en geduldig gewag wanneer ek moeg was en moes rus. En toe het my pad begin, Johan, druppeltjie vir druppeltjie.

"Ons het so baie dinge gedoen en twee jaar het verbygegaan. Op 'n dag het ek die kerk ingestap en vandaar af elke oggend voor die son opkom. Dit was ek en ek alleen. God dwing Homself nooit op iemand af nie.

"Dit was een so 'n oggend wat ek een van die kitare opgetel het en my kinders se geliefkoosde liedjie gespeel het. Toe was Hy daar en het Hyself my kom vashou. Ek het my oë toegemaak en my kinders gesien waar hulle laggend hardloop.

"Met oom Ben en tannie Alta se hulp moes ek weer daardie dag belewe. Ek het vergewe en laat gaan. Die resep is eenvoudig, wanneer jy gestroop word van alles moet jy alles gee vir ander. Die pyn is nog daar en die verlange soms so fel dat ek wil opgee, maar dan help en gee ek.

"Daar is nie 'n plan-B nie, Johan, daar is net een plan en dis plan-A. God se plan."

Skielik het hy 'n behoefte om haar alles te vertel en nog meer.

Ure later loop sy saam met hom die trap oop tot by die deur. Dis daar waar sy seerste seer lê.

"Maak oop die deur, Johan, en ruk die roof af."

Hy sien hulle weer, die twee naakte figure. Sy vrou besig om voluit te suig aan sy beste vriend se manlikheid.

Sy snikke kom rou en hortend, later al hoe harder en feller.

Hy lê op haar skoot en sy streel saggies deur sy hare.

"Vergewe, Johan, vergewe. Dis die moeite werd."

Voordat sy in die kar klim draai sy na hom en hou haar hand uit. Verbaas kyk hy na haar oop palm.

"Die muntstuk, Johan, gee! Jy het dit nie meer nodig nie."

Hy het egter steeds die muntstuk gebruik, net 'n ander een. Daardie dag het sy vir hom gereël vir tydelike blyplek en 'n huurmotor. Dit voel so lank terug wanneer hy die kar se neus draai in die rigting van Dwarskersbos. Hy het begin werk en vandag het hy sy eie praktyk.

Gelukkig?

Nee hy was nog nooit gelukkig in sy werk nie.

Veel later sou hy egter net besef dat hy regte geswot het in die tronk om die verkeerde redes. Hy het toe nie geskiet daardie dag nie, net padgegee Vrystaat toe.

Later 'n klein stukkie grond gekoop en begin boer. Dag en nag gewerk, nie gedink nie en ook nie geglo nie.

Partykeer het hy die klein Bybeltjie probeer lees wat Jana vir hom gegee het, maar hy het dit tot nou toe nie reggekry om te bid nie. In die aande het hy buite vuur gemaak en stil daar gesit en geluister na die naggeluide.

Net gesit. Dit het hom tyd gegee om te dink. Hy wou altyd graag kinders gehad het. maar sy wou nie.

"Nee, ek is nie gemaak vir 'n skreeuende baba nie, Johan, daar is baie meer in die lewe as om net kleintjies groot te maak."

Hy het nooit weer teruggegaan om te doen wat hy eens op 'n tyd wou nie.

"Hoe kon ek?" het hy soms hardop met homself gepraat. Jana wat elke dag daarmee moet saamleef en steeds leef. Hoe kon hy terwyl sy soveel pyn deurgegaan het?

Dan het hy haar voor hom gesien waar sy mank loop na die gebou langsaan. Haar hare wat los en met die effense krul skuins oor haar gesig hang terwyl sy saggies neurie saam met die kitaar wat sy so goed kan speel.

Oor en oor het beelde van haar voor hom afgespeel. In die kombuis voor die stoof met 'n lang los rok en haar hare in 'n vlegsel wat effe losraak aan die kante.

Soms die effe glimlag, maar altyd die stil vasberadenheid van 'n vrou wat dit gemaak het.

Dan het hy weereens sy alles ingesit.

Egskeidings, bedrog, mishandeling, geweld. Die een na die ander saak het hy hanteer asof dit sy eie is. In die hof was hy onverbiddelik en hy het begin naam maak. Die teenparty was versigtig, want hy het eenvoudig nie 'n saak verloor nie.

Voor elke hofsaak het hy dit tot die been toe ontleed. Wanneer 'n skuldige party voor hom sit het hy die saak geweier. Hy het eenvoudig net vir geregtigheid geveg.

Mense het hom uit dankbaarheid begin respekteer, maar hy het al die uitnodigings op sosiale gebied van die hand gewys.

Soms het hy 'n saak verniet gedoen sommer net. Wanneer die landdros die hammer slaan en die saak in sy guns gedraai het, was daar genot. Net vir daardie oomblik het hy gevoel of hy teen Weyers en Luzaan geveg het.

Tog wanneer hy op die plaas gekom het en tussen sy beeste stap het hy meer vryheid ervaar. Soms het hy gewonder hoe dit sal voel om saam met Jana te loop in die veld. Sy sou daarvan gehou het en saam sou hulle dalk net in stilte geloop het, maar hulle sou saam gewees het.

In die aande het die besef gekom. Skielik en ongevraagd. Hy het verlang na haar, maar het net geweet hy kon nie teruggaan na haar toe nie.

Maande het verbygegaan en dit het jare geraak. By sy ingang na sy plaas het bloot die woorde *Geen Toegang* gestaan.

Mense het opgehou om hom te nooi en het geweet hy leef by die huis as 'n kluisenaar, maar as advokaat is hy tot die hamer gekap word, daar vir sy kliënte.

Die harde werk in sy praktyk en in die boerdery het vir hom geld ingebring en vandag is hy 'n ryk man, maar steeds leef hy eenvoudig. Hy haat weelde van destyds af.

Daar was egter 'n leegheid in hom en niks kon dit stil nie.

Soms op 'n Sondagoggend het hy gewonder of hy nie dalk kerk toe moet gaan nie, maar het elke keer daarteen besluit. In hom wroeg steeds die gevoel van kwaad teenoor God. Hoekom moes al die dinge gebeur? Hoekom moes hy onskuldig deurloop van kleins af?

En Jana, as daar dan 'n God van liefde is, hoekom het Hy nie gekeer nie.

Dit het hom laat besluit om nie te probeer bid nie en ook nie antwoorde in die Bybeltjie te probeer soek nie. Klasieke musiek was nog altyd vir hom mooi en het 'n kalmte in sy binneste gegee.

Naweke het hy die musiek luid laat speel deur die huis en dan het hy haar gesien waar sy gesit en speel het.

Sou sy dalk dieselfde by musiek gevind het, 'n tipe van 'n rustigheid en stille bevrediging.

Slot

Velddrif lyk steeds dieselfde wanneer hy die dorp binnery. 'n Paar ekstra winkels miskien, maar steeds dieselfde.

Hy besluit om iets by die Laaiplek Hotel te gaan eet. Wanneer hy buite gaan sit onthou hy nog die dag toe hy, oom Ben en tannie Alta saam met hom hier gesit het.

Deur sy mymering van onthou hoor hy 'n bekende stem. "Meneer, is dit regtig meneer?"

Wanneer hy opkyk sien hy dieselfde vrou wat destyds so gespog het met haar hondjie.

"Joe, Meneer, maar oom Ben en tannie Alta gaan bly wees om meneer te sien. Hulle het hoeka al gepraat en gebid dat meneer 'n ietsie van meneer se kant af sal laat hoor."

Hy wil haar vra van Jana, maar toe sy niks sê nie los hy dit en gee net sy bestelling.

"Gaan meneer seker darem groet? Ai, die oumense gaan so bly wees."

Sy stilswye aanvaar sy as 'n ja en babbel net verder: "Oom Ben dink daaraan om nou 'n ander predikant te laat kom. Hy selwers en ook die tannie raak nou oud, en soos hy sê dis tyd vir nuwe bloed. Maar ai, Meneer, onse mense wil hom net nie laat gaan nie. maar ons weet dat die tyd sal kom."

Wanneer sy terugloop na die hotel se kombuis hoor sy haar hardop vir haarself sê: "Die tyd sal kom. Jy kom altyd, maar eers as die tyd reg is."

Weer terug in die kar sit hy vir 'n ruk besluiteloos. Die opskiet van die muntstuk laat hom skuldig voel, maar dit maak sy besluit soveel makliker.

Skiet op, en as dit kop is dan gaan hy, stert ry hy dadelik terug na daar waar dit veilig is.

Dalk moet hy maar net ry, soveel tyd het verloop. Sy is moontlik al weer getroud, moet wees. Iemand soos sy moenie alleen wees nie. Iewers sou geluk weer op haar pad gekom het.

Die besluit is vinnig en sonder huiwering draai hy sy Ford Ranger se neus in die rigting van Dwarskersbos.

In die straat herken hy die toring van die kerk dadelik alhoewel daar destyds nie 'n toring was nie. Die kerk is groter en is nou nie meer net 'n saaltjie nie, maar lyk soos 'n regte kerk.

Dit was oom Ben se droom destyds dat die mense wat hier kom vakansie hou nie sal soek vir 'n kerk nie, Hy het nog elke dag daarvoor gebid, onthou hy.

Sy God het hom dus gehoor. Hoe dan anders?

Die suurlemoenboom staan steeds voor die deur en die visserskuit nou nuut geverf en vol woorde geskryf.

Hy lees vinnig: "Die Here sal jou nooit begewe of verlaat nie." Maar hy laat dit dan daar en stap die stoeptrappies op.

Die voordeur staan oop en hy wil eers net instap, maar klop dan eerder aan die deur.

Hy het ouer geword sien hy, maar wanneer hy in die deurdringende blou oë kyk weet hy dat hy nog steeds die wysheid van destyds besit.

Nog voordat hy sy hoed afhaal, roep hy met 'n stem vol blydskap: "Alta-lief, kom kyk wie is hier!"

Sy kom steeds flink uit die kombuis se rigting gestap.

"Johan my kind, hoe goed is die Here nie, ons het vreeslik vir jou gebid."

Na die tweede koppie koffie het hy hierdie twee dierbare oumense verskoning gevra oor alles wil hy vra. Soos altyd wonder hy of die oom gedagtes kan lees wanneer hy begin praat.

"Sy is see toe, my kind. Hierdie tyd van die dag is gewoonlik haar alleentyd met die Here."

Wanneer hy strand toe loop haal hy die muntstuk uit en skiet dit op. "Kop!" sê hy vir homself.

Hy moes kom.

Eers sien hy haar nêrens nie. Dan sien hy die lang bont rok. Die wind waai nog nie so sterk nie en sy sit met haar bene opgetrek. Haar hande om haar bene gevou.

Hy weet dat sy sukkel om te gaan sit en ook om op te staan. Tog huiwer hy om nader te gaan. Vereers wil hy net die prentjie indrink en waardeer.

In die nagte by sy nuwe tuiste het hy oor haar gedroom. Sy werk het sy uitlaatklep geword en hy was bang om kontak te maak. Al het hy hoe hard gewerk het die leegheid gebly en kon hy hom nie indink dat sy hom selfs eers 'n kans sou gee om net 'n vriend te wees nie.

Hy het skaam gekry oor die tydjie in die Kaap.

Na hy na haar storie geluister het het hy gedink aan hoe gering syne is teen hare. Tog het God haar gehelp, so verre dat sy vir Hom werk en Hom eerste stel in haar lewe.

Dit het hom laat begin soek. Iewers het hy 'n Bybel gekoop en in die diepnag begin lees.

Maar terwyl hy lees het die vrae gekom.

Hoe kon 'n goeie God hierdie dinge toegelaat het? Met hom kon hy verstaan, maar sy, sy is tog 'n goeie mens. Sy het dit nie verdien nie.

Kerk toe kon hy nie regkry om te gaan nie en hy het steeds maar net Bybel gelees in die nag. Die hunkering het verrassend gekom om meer te weet van die Here. Van die Een wat mense so laat cope en 'n sprankel in hulle lewe sit.

Hy wou ook graag van dit hê.

Baie aande het hy daar waar hy bly en as prokureur werk, in 'n kroeg gaan sit, maar die drank het 'n wrang smaak in sy mond gelos. Hy kon net nie meer kuier nie en het 'n kluisenaarsbestaan gevoer.

Dit was net hy en sy werk. Op sy eie, want in 'n vennootskap sou hy nooit weer gaan nie.

En nou is hy hier, so naby en tog so ver.

Sy hand beweeg outomaties na sy broek en hy draai die muntstuk om en om tussen sy vingers.

Sy kyk op en haar hare waai teen die kant van haar gesig vas. Asof sy hom verwag het wink sy met haar een hand. Sy sukkel self orent voordat hy haar kan help.

Wanneer hy teenoor haar staan kry hy weer die geur van vars suurlemoene. Vir die eerste keer besef hy wat is intense verlange. Hy het haar gemis. Vir haar en haar Here.

Die bewing in sy liggaam is van senuwees, maar wanneer sy praat en hy weer daardie sagte opregte stem hoor, luister hy.

Sy noem hom op sy naam. "Johan, ek het vir jou gewag, want ek het geweet jy gaan kom."

"Jana. ek het na jou verlang en ek wil jou iets vra. Sal jy my meer van jou Here leer? Ek wil Hom graag leer ken."

Die muntstuk brand nou sy vingers.

As antwoord hou sy haar handpalm uit en antwoord sag. "Dan sal jy vir my die muntstuk moet gee, Johan."

Hulle klere word saam nat wanneer sy die muntstuk ver in die see gooi.

Op pad terug neem hy haar hand in syne. Sy kyk op na hom en vir die eerste keer sien hy 'n kuiltjie in haar wang omdat sy nog nooit so mooi vir hom geglimlag het nie.

"Jy sal nooit weer 'n muntstuk hoef op te skiet nie, Johan, want by God is ons altyd die kop en nie die stert nie."

Sy gaan staan en kyk op na hom.

"Kom, ek gaan leer jou van ons Here."

Geagte leser

Ons hoop jy het die boek geniet en dat dit vir jou waardevol was. Jou terugvoer is regtig belangrik vir ons en ander lesers.

Dit sal wonderlik wees as jy 'n paar oomblikke kan neem om 'n resensie op Amazon te skryf. Jou mening help ander om goeie keuses te maak en help ons om te weet wat ons lesers waardeer.

Baie dankie vir jou ondersteuning!

Groete
Malherbe span